W0019016

Britta Böhler

DER BRIEF DES ZAUBERERS

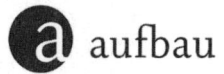 aufbau

Britta Böhler

DER BRIEF DES ZAUBERERS

Roman

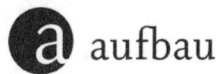 aufbau

Die Originalausgabe unter dem Titel
De beslissing
erschien 2013 bei Cossee, Amsterdam.

MIX
Papier aus verantwor-
tungsvollen Quellen
FSC® C083411

ISBN 978-3-351-03573-0

Aufbau ist eine Marke der Aufbau Verlag GmbH & Co. KG

1. Auflage 2014
© Aufbau Verlag GmbH & Co. KG, Berlin 2014
© 2013 bij Uitgeverij Cossee, Amsterdam, and Britta Böhler
Einbandgestaltung hißmann, heilmann, hamburg,
unter Verwendung eines Motivs von SW Rawlings/
English Heritage/Arcaid/Corbis
Satz Greiner & Reichel, Köln
Druck und Binden CPI – Clausen & Bosse, Leck
Printed in Germany

www.aufbau-verlag.de

Für p+m, und für Beate

Ethik und Ästhetik sind eins.

Ludwig Wittgenstein

Freitag, 31. Januar 1936
Allegro, ma non troppo

Endlich! Nach drei Jahren des Zögerns hat er schließlich getan, was nötig war. Er hängt den Spazierstock über den Arm und geht langsam die breite Treppe hinunter. Am Montag wird der Brief in der Zeitung stehen. Eine öffentliche Absage an das Regime, an Deutschland auch. Erika wird stolz auf ihn sein, stolz, dass der Zauberer seine Sache gut gemacht hat. Er hat sein Gewissen und seine Überzeugung sprechen lassen, die tiefe Überzeugung, so steht's in dem Brief, dass aus der gegenwärtigen deutschen Herrschaft nichts Gutes kommen kann, für Deutschland nicht, und auch für die Welt nicht.

Zwei Redakteure kommen ihm entgegen, sie rennen beinahe, nehmen immer zwei Stufen auf einmal. Der jüngere der beiden hat einen Bleistift hinter dem Ohr, sein Anzug ist zerknittert, und die Krawatte sitzt schief. Er redet wild gestikulierend auf den älteren ein. Die beiden Männer gehen ganz nah an ihm vorbei, der jüngere streift ihn fast am Ellenbogen; sie riechen nach feuchtem Papier.

Er hat Durst, sein Mund ist ganz trocken. Man hätte ihm in der Redaktion doch wenigstens eine Tasse Tee anbieten können. Er hält einen Augenblick inne. Soll er zurückgehen und um ein Glas Wasser bitten? Er sieht auf die Standuhr, unten in der Eingangshalle. Nein, er sollte nicht noch mehr Zeit vertrödeln. Der Besuch in der Redaktion hat viel länger gedauert, als er gedacht hat, und Katja wird sich bestimmt schon wundern, wo er so lange bleibt.

Er durchquert die Eingangshalle, rasch jetzt und mit entschlossenem Schritt. Er nickt der blonden Empfangsdame zum Abschied zu, will sich bedanken für ihre Bemühungen, doch sie blättert in einer Zeitschrift und bemerkt ihn nicht. Er schnalzt ärgerlich mit der Zunge und geht an ihr vorbei zum Ausgang.

Als die schwere Eingangstür mit einem dumpfen Klacken hinter ihm ins Schloss fällt, zuckt er unwillkürlich zusammen. »Das Tischtuch ist zerschnitten«, murmelt er. Er holt tief Atem und sagt energisch: »Es ist gut so.«

Er bleibt auf der Schwelle stehen, um seine Handschuhe anzuziehen und den Mantel zuzuknöpfen. Er hat für das Treffen mit Korrodi den neuen Wintermantel mit dem dunkelgrauen Pelzkragen angezogen, obwohl es dafür eigentlich zu warm ist. Der plötzliche Wärmeeinbruch und der Föhn machen ihm zu schaffen, heut Morgen beim Aufstehen war ihm schwindlig geworden, er musste sich am Bettpfosten festhalten und am offenen Fenster einige Minuten tief durchatmen, bis sich der Kreislauf wieder gefestigt hatte.

Ein schwarzes Automobil fährt hupend an ihm vorbei, das Wasser spritzt nach allen Seiten weg. Er weicht einer großen Pfütze aus und geht auf die andere Straßenseite. Er hasst dieses Schmuddelwetter, die dunklen Tage, an denen man auch tagsüber nur bei elektrischem Lichte arbeiten kann. Der Winter ist nicht seine Jahreszeit. Es hätte schon etwas für sich, wenn man sich im November, sobald die Tage kürzer wurden und der grauverhangene Himmel den Blick verengte, in eine Höhle verkriechen könnte, wie die Igel und die Murmeltiere. Er würde sich jetzt gerne zusammenrollen auf einem weichen Polster aus Hanf und Gras und erst im Frühling wieder aufwachen.

Einzig der Dezember ist ein guter Monat. Weihnachten! Kinderwort und Kinderglück. Jahr für Jahr freut er sich die ganze Adventszeit über auf sein Lieblingsfest, und Wetter und Dunkelheit sind ihm egal. Sogar in der Fremde hat Weihnachten seinen Glanz nicht verloren. Das jedenfalls haben sie ihm nicht nehmen können, die Lumpen in Berlin. Auch wenn die Festtage in München natürlich viel schöner waren.

Jedes Jahr wurde die Diele schon Tage vor dem Fest zum Weihnachtszimmer umgestaltet, mit dem Baum in der Mitte. Eine stattliche dunkle Tanne, die bis zur Zimmerdecke reichte. Katja kaufte den Baum immer selbst, sie meinte, so etwas könne man nicht den Dienstboten überlassen.

Sie holte den Baumschmuck aus dem Keller, und zusammen schmückten sie den Baum. Er pfiff Weihnachtsmelodien vor sich hin und war voll Vorfreude auf den kommenden Tag. Auf die unteren Zweige wurden die vier großen Stoffkugeln gehängt, rot, blau, grün und weiß. Katja hatte sie gekauft, als Erika anfing zu laufen, »Zum Anfassen«, hatte Katja gesagt, die Glaskugeln seien zu gefährlich, das Kind könne das Glas zerbrechen und sich verletzen. Sie wurden auf die höheren Äste gehängt, und das blieb so, auch als die Kinder größer wurden. Wenn alle Kugeln aufgehängt waren, wurde das Lametta über die Äste verteilt, und die Halter für die roten Kerzen wurden angebracht. Ganz zum Schluss setzte er den vergoldeten Engel auf die Baumspitze.

Am Heiligen Abend saß Katja mit den Kindern im verdunkelten Arbeitszimmer, sie sangen Weihnachtslieder und warteten darauf, dass er die Kerzen anzündete, die Flügeltüren öffnete und die Kinder mit entzückten »Ohs« und »Ahs« aus dem dunklen Zimmer in die hellerleuchtete Diele kommen durften. Sie rannten zum Tisch neben dem Baum, der mit bunten Päckchen und Süßigkeiten überladen war, auch für die Dienstboten. Für alle gab es Geschenke.

Und wie schön war dann der Morgen nach Heiligabend, wenn er in der Früh aus seinem Zimmer kam und der Geruch der Tanne ihm entgegenschlug, sobald er die Treppe hinunterging. Alle schliefen noch, kein Laut war zu hören, und der Tannenduft begleitete ihn, bis er in seinem Arbeitszimmer war und die Tür hinter sich geschlossen hatte.

Die Jahreswende ist ihm, verglichen mit dem Weih-
nachtsfest, gleichgültig. Er geht oft schon vor Mitternacht zu Bett, der Neujahrsjubel ist ihm zuwider.
Was für einen Sinn haben gute Vorsätze, die nicht erfüllt werden, und Prophezeiungen von etwas, das nie
kommt. Jedes neue Jahr bringt die gleichen Mühen
und Kämpfe wie das Jahr zuvor.

Er überquert die Schillerstraße, geht am Opernhaus
vorbei, zögert kurz. Der Weg über den Utoquai ist kürzer, aber er will am See entlang. Er beschleunigt seine
Schritte und geht hinüber zum Uferweg.

› 2 ‹

Die Promenade ist verlassen und still, die kahlen Bäume werfen merkwürdig schiefe Schatten. Keine Spaziergänger, die im Mondschein einen Abendgang machen, und keine Liebespaare, die im Schutze der Dunkelheit heimliche Schwüre austauschen.

Er läuft langsam am Seeufer entlang, stochert beim Gehen immer wieder mit dem Spazierstock in der harten Erde. Ein Eichhörnchen huscht, aufgeschreckt durch seine Anwesenheit, an einem Baumstamm empor. Der kleine Pavillon, in dem bei schönem Wetter ein junger Geiger gespielt hat, ist mit Holz zugenagelt. Ein hübscher junger Mann, er hat ihm mit Vergnügen beim Spiel zugeschaut und die tanzenden Pärchen beobachtet.

Es ärgert ihn immer noch, dass ausgerechnet Schwarzschilds dummer Artikel der Anlass für den Brief war. Das setzt die Angelegenheit in ein falsches Licht, wird ihrer Wichtigkeit nicht gerecht. Immerhin ist die *Neue Zürcher Zeitung* eine der besten deutschsprachigen Zeitungen, die nicht nur in der Schweiz gelesen wird und im Ausland nicht nur von deutschen

Emigranten. Nein, Korrodis Reputation ist über jeden Zweifel erhaben.

Er bleibt stehen und schaut über den See. Dünne Nebelschwaden steigen vom Wasser auf. Auf der anderen Seeseite die weiße, hellerleuchtete Fassade des Baur au Lac. Im Sommer hat er oft auf der Terrasse des Hotels gesessen, seinen Wermut getrunken und dem bunten Treiben auf der Promenade zugeschaut, bis Katja von ihren Besorgungen aus der Stadt zurückkam.

Weiter weg, am Hirschengraben, steht das deutsche Konsulat, nun mit der Hakenkreuzfahne auf dem Dach. Der Brief wird Furore machen in Berlin, so viel ist sicher, damit haben sie wahrscheinlich nicht gerechnet. Er kneift die Augen zusammen. »Die Dunkelheit hat die Fahne verschluckt«, denkt er und muss beinahe lachen über den albernen Gedanken.

Kommende Woche wird die ganze Welt wissen, wo er steht. Danach wird es keine Zweifel mehr geben über seine Position, alles Schiefe und Unentschiedene wird endlich ein Ende haben. Er zieht die Schultern hoch und vergräbt den Kopf tiefer im Mantelkragen. Er hat erwartet, dass er nach der Abgabe des Briefes erleichtert sind würde und frohgestimmt, aber er kann die Zweifel nicht abschütteln. Hat er recht getan? Ist er nicht vielleicht doch zu unüberlegt gewesen? Er wird sich Feinde machen mit dem Brief, nicht nur in Berlin. Und Bermann wird alles andere als erfreut sein. Der Verleger hat es schwer in diesen Zeiten, und ohne ihn wird der Verlag sich im Reich wohl nicht halten können.

Es stimmt natürlich, Bermann hat es ihm nicht immer leichtgemacht. Die Sache mit Klaus' Zeitschrift zum Beispiel, eine unschöne Geschichte, und Bermann hat ihn damit ordentlich in die Klemme gebracht.

Aber es war doch vor allem Klaus' Schuld gewesen, warum musste der Junge auch gleich im ersten Heft den aggressiven Essay von Heinrich abdrucken? Wie ähnlich sich die beiden waren, der ältere Bruder und der Sohn, man könnte beinahe meinen, Klaus sei Heinrichs Kind. Gedankenlos und unbeherrscht, ohne an die Folgen zu denken. Göring als morphiumsüchtiges, blutrünstiges Monstrum zu beschreiben, war das wirklich notwendig?

Bermann hat sich schrecklich aufgeregt, er zeterte und wütete am Telefon. Katja rollte mit den Augen, sie fand, Bermann übertreibe mal wieder, man dürfe das alles nicht so schwernehmen. Aber Bermann ließ sich nicht beruhigen. Die Zukunft des gesamten Verlages stehe auf dem Spiel, wie solle er sich in Deutschland über Wasser halten, wenn seine Autoren politische Agitation betrieben? Noch ganz zu schweigen von den Folgen, die Klaus' unüberlegtes Handeln für die bevorstehende Veröffentlichung der ersten beiden *Joseph*-Bände haben würde. »Es gibt da keinen Zweifel«, sagte Bermann entschieden, »Sie müssen Ihre Mitarbeit an der Zeitschrift zurückziehen.«

Er geht ein paar Schritte und bleibt dann wieder stehen. Vom See her kommt ein böiger Wind auf. Er nimmt das Zigarettenetui aus der Innentasche des Mantels, sucht nach dem Feuerzeug. Der Wind bläst ihm die Flamme aus, es dauert eine Weile, bis es ihm gelingt, die Zigarette anzuzünden.

Ja, der Brief würde böse Folgen haben. Die Rückgabe des Hauses und der Möbel in München, die kann er dann endgültig in den Mond schreiben. Die Berliner Diebesbande hat alles, aber auch alles beschlagnahmt. Zur Strafe, weil er »rechtswidrig« im Ausland geblieben war. Schon seit drei Jahren versucht er, seine Habe zurückzubekommen.

Wieder und wieder hat er Briefe an den Reichsstatthalter geschrieben, er sei kein Reichsflüchtiger, seine Frau habe eine angegriffene Gesundheit, sie müsse sich in der Schweiz kurieren. Auch der Rechtsanwalt, der gute Heins, mühte sich redlich, aber es half alles nichts. Nicht einmal die Bezahlung der Reichsfluchtsteuer hatte Effekt. Katja schimpfte, es sei die reinste Erpressung, aber er wollte vor allem seine Sachen zurück. Sie kamen mit einer fadenscheinigen Ausrede nach der anderen, immer neue Schriftsätze musste Heins einreichen, stets aufs Neue wurde die Entscheidung verzögert, während die Gestapo die Dienstboten verhörte, erst die beiden Stubenmädchen, dann die Köchin und den Chauffeur.

Jetzt muss Katja sich mit einer Köchin und einer Zugehfrau zufriedengeben, und einen Chauffeur kann er sich nicht mehr leisten. Gott sei Dank hat Katja in der Schweiz den Führerschein gemacht.

Er vermisst das Münchner Haus in der Poschingerstraße, immer noch. Die Kinder haben es ›die Poschi‹ getauft, aber für ihn wird es immer das Kinderhaus bleiben. Eine dreistöckige Villa, ganz nach seinen eigenen Wünschen erbaut. Nach dem Einzug zeigte er den Besuchern stolz die stattlichen Räume. Sie bewunderten den Bau, die großzügige, holzgetäfelte Diele mit den hohen Bücherschränken und den samtbezogenen Fauteuils, die eleganten Salons, die magistrale Treppe, die in die oberen Stockwerke führte.

Sogar den dummen ausgestopften Bären, über dessen Verlust Medi so geweint hat, vermisst er. Am Treppenaufgang in der Mitte der Diele hat er gestanden, hochaufgerichtet und mächtig empfing er die Besucher, die weißen Zähne leuchteten, in der ausgestreckten Tatze eine kleine silberne Schale, auf der man seine Visitenkarte hinterlassen konnte.

Vor allem aber vermisst er sein Arbeitszimmer. Es war der schönste Raum des Hauses, groß und hell, und wenn die Flügeltüren des mittleren Fensters offen waren, konnte er die Stufen hinab direkt in den Garten gehen.

Bei gutem Wetter hatte er mittags nach der Arbeit oft unter dem geliebten Kirschbaum gesessen, gelesen oder Notizen gemacht für den folgenden Tag. Abends wurden die grünen Samtportieren an den Fenstern im Arbeitszimmer zurückgezogen und die doppelten Türen zur Diele geöffnet, dann konnte man vom Wohnzimmer aus in den Garten schauen.

Katjas Reich war im oberen Stockwerk, gleich neben seinem Schlafzimmer. An ihrem Schreibtisch sitzend, den großen Schlüsselbund immer in Reichweite, regierte sie das Haus. Sie schalt mit den Dienstboten, half den Kindern bei ihren Hausaufgaben, bezahlte die Rechnungen und tippte seine Briefe und Manuskripte. Noch spätabends, beim Einschlafen, hörte er das Klappern der Schreibmaschine, es war wie ein beruhigendes Schlaflied.

Und die Unordnung, die immer in Katjas Zimmer geherrscht hatte! Zwischen den Flakons und Silberdosen auf dem Toilettentisch lagen stets irgendwelche Rechnungen vom Kohlenlieferanten oder vom Milchmann. Und ihr Schreibtisch war ein buntes Durcheinander von Briefen und Manuskripten, Speisezetteln, Schulbüchern und angebrochenen Schachteln mit extrabitteren Katzenzungen.

Ein schrecklicher Gedanke, dass er das Kinderhaus nicht wiedersehen würde. Wie viel Schönes hatten sie dort erlebt! Weihnachtsfeiern, Geburten und Geburtstage. Die festliche Soirée, nachdem er den Doktortitel bekommen hatte. Die vielen Vorlesestunden, abends im Wohnzimmer. Er las seine Lieblingsstücke, Tolstois *Herr und Knecht* und *Ein ehrlicher Dieb* oder Grillparzers *Armer Spielmann*, aber auch Lustiges, volkstümliche Balladen oder die *Parodien* von Robert Neumann. Katja und die Kinder bogen sich vor Vergnügen, und er selbst konnte oft vor Lachen kaum weiterlesen. Die Theateraufführungen in der großen Diele, für die die Kinder zuvor wochenlang geübt hatten. Katja nähte die Kostüme, und er schrieb Kritiken, die er mit Dr. Schafskopf unterzeichnete und nach der Aufführung vorlas. Und dann, später, die Feste der beiden Großen.

Der erste Faschingsball von Eri und Klaus. Er war als Zauberer verkleidet, mit einem schwarzen Cape und goldenen Sternen auf dem Zylinder. Es wurde getanzt, die Kinder waren ausgelassen und unbekümmert. Medi, kaum sechs Jahre alt, zart und feenhaft in ihrem weißen Röckchen, die Wangen gerötet vor Aufregung, zupfte einen Jüngling in schwarzem Frack mit Engelsflügeln am Hosenbein. Ob er mit ihr tanzen wolle? Der junge Mann lachte und hob sie empor und tanzte mit ihr durch die Diele. Sie hatte sich wohl ein bißchen verliebt in den Engel, denn später, beim Gutenachtkuss, weinte sie, sagte, sie wolle nicht schlafen, sie wolle weitertanzen. Er hatte an ihrem Bett gesessen und sie getröstet, ihr ein Schlaflied gesungen, obwohl er auch ein wenig eifersüchtig gewesen war.

Auch seine Münchner Möbel würde er nach dem Brief endgültig verlorengeben müssen, man wird sie schlicht und einfach versteigern. Achtzehn Jahre hat er im Kinderhaus gelebt, und nun – die meisten Möbel, der Flügel, Teppiche, die Hermesstatue im Garten, achttausend Bücher, die beiden Autos – alles weg! Gerade mal vierzig Kisten mit Hausrat und ein paar Möbel, mehr hatten sie nicht herausschaffen können.

Wenigstens den geliebten Schreibtisch und die beiden Lübecker Schränke hat er retten können.

Und den Großteil seines Vermögens würde er ebenfalls nicht wiederbekommen. Gott sei Dank hatte er das Geld für den Nobelpreis damals gleich im Ausland angelegt. Von seinem deutschen Geld hat er nur wenig in die Schweiz bringen können, Auslandstransfers waren nicht erlaubt. Wie ein Dieb in der Nacht hat er einen kleinen Teil herausschmuggeln lassen, von Golo, mit der Diplomatenpost eines Freundes. Alles zusammen zweihunderttausend Schweizer Franken, nun ja, besser als nichts.

Immerhin kommen die Tantiemen seit einiger Zeit wieder regelmäßig, auch die aus Deutschland. Katja hat sich anfangs große Sorgen gemacht. Wie sollten sie die Kinder durchbringen, die Schule bezahlen, Bibis Geigenstunden und den Klavierunterricht für Medi? Und die Zulage für die beiden Großen, und für Moni und Golo? Aber Bermann hatte schließlich die Freigabe der Zahlungen erwirkt, die Inkonsequenz des Systems konnte einen immer wieder aufs Neue verblüffen.

Er hustet, der Wind treibt ihm den Rauch in die Augen und in die Nase. Er wirft die halbgerauchte Zigarette ins Wasser. Hat er recht getan? War der Brief die Konsequenzen wert? Die beiden Großen würden sich sicherlich freuen über die Veröffentlichung. Immer wieder haben Erika und Klaus ihn in den letzten drei Jahren bedrängt, sein Schweigen müsse ein Ende haben, er müsse sich aussprechen, den Nazis öffentlich eine Absage erteilen. Es hatte manch unschöne Auseinandersetzung gegeben, Erika warf ihm Hochmut vor, seine Zurückhaltung sei überheblich, es sei unangemessen, in diesen Zeiten so über den Wassern schweben zu wollen.

Erika und auch Klaus, so unerbittlich sind sie in ihrem Hass gegen Deutschland. Wie einfach und klar die Welt für sie ist. Er beugt sich über das Geländer am Kai und sieht hinunter aufs Wasser. Die Zigarette treibt langsam davon.

Alles hat angefangen mit dem dummen, unnötigen Angriff gegen Bermann im *Neuen Tage-Buch*. Er las Schwarzschilds Stück im Zug nach Arosa, flüchtig nur, er war müde vom Herumgereise und den Vorträgen. Schon am nächsten Tag rief Bermann an, der arme Mann war völlig aus dem Häuschen, weinte beinahe am Telefon, sprach von vorsätzlichem Charaktermord, bedrängte ihn, etwas zu unternehmen. Nach dem Telefonat las er den Artikel nochmals, ja, Bermann hatte recht, er war wirklich überaus bösartig, bösartig und infam. Schwarzschild, dieser unselige Mensch, hätte er sich doch im Zaum gehalten!

Die Vorwürfe gegen Bermann waren nicht neu. Schwarzschild verstand nicht, dass Bermann mit seinem Verlag im Reich ausharrte. Aber ihn deshalb als Schutzjuden des Regimes zu bezeichnen, das ging entschieden zu weit, das hatte der Verleger nicht verdient.

Die Antwort auf Schwarzschilds Tiraden hatte ihm einiges Kopfzerbrechen bereitet. Er musste vorsichtig sein bei der Wahl der Formulierung, es durfte keinesfalls den Anschein haben, als verteidige er das deutsche Regime. Er schrieb mehrere Entwürfe, bis er zufrieden war mit dem Ergebnis und den Protest an die Zeitung schicken konnte. Er hatte seine Pflicht getan und hoffte, dass die Angelegenheit damit erledigt wäre. Aber Schwarzschild ließ sich nicht beirren, ganz in Gegenteil. Der Mann war geradezu auf einem Kreuzzug, und in der nächsten Nummer veröffentlichte er eine Reaktion auf den Protest, noch schärfer diesmal und ein unverhohlener Angriff gegen ihn persönlich.

Während er noch darüber nachdachte, wie aus diesem Schlamassel herauszukommen war, mischte sich zu allem Übel auch noch Korrodi in die Debatte, mit seinem spitzzüngigen Kommentar in der *Neuen Zürcher Zeitung*. Vom Ghetto-Wahnsinn der Emigranten zu sprechen, musste das sein? Außerdem war Korrodis Behauptung, nur die jüdischen Schriftsteller seien emigriert und die wahren Repräsentanten der deutschen Dichtung seien in Deutschland geblieben, schlicht und einfach falsch. Ja, Gerhart Hauptmann und Ricarda Huch waren noch drinnen, aber *er,* er war draußen, er und – Heinrich, Annette Kolb, Irmgard Keun und Brentano.

Dieser ungehobelte Unsinn passte so gar nicht zu Korrodi. Sie hatten sich in München kennengelernt, er hatte Korrodi sofort gern gemocht, und dies nicht allein wegen dessen Bewunderung für die *Buddenbrooks*. Trotz seiner bäuerlichen Erscheinung war Korrodi ein feinsinniger, gebildeter Mann. Nun gut, sie waren nicht wirklich befreundet, aber doch mehr als nur flüchtige Bekannte. Letzten November hatte Korrodi den fünfzigsten Geburtstag mit einem festlichen Souper gefeiert. Katja und er hatten am Ehrentisch gesessen, es war ein schöner Abend gewesen, er hatte das gute Essen genossen und die Gespräche, auch wenn er etwas nervös gewesen war wegen der Rede, die er halten musste.

Wieder und wieder hatte er Korrodis Artikel gelesen und versucht, sich einen Reim darauf zu machen, und plötzlich war es ihm klar: das Ganze war nichts anderes als eine versteckte Herausforderung. Korrodi *wollte*, dass er darauf reagierte, dass er den Artikel nicht schweigend hinnahm.

Die ganze letzte Woche hatte er an dem Brief gearbeitet, verbessert, gestrichen, ergänzt. Das Arbeitszimmer war neblig vom Rauch, er musste den richtigen Ton finden, überlegt und überlegen, aber nicht herablassend oder überheblich. Heute Nachmittag hatte er endlich die letzten Zeilen zu Papier gebracht. Die Verse des Freiherrn von Platen, die er schon vor so langer Zeit ins Tagebuch eingetragen hatte, waren ein wahrhaft königlicher Schluss, starke und entscheidende Worte.

Denn wer aus ganzer Seele hasst das Schlechte,
Auch aus der Heimat wird es ihn verjagen,
Wenn dort verehrt es wird vom Volk der Knechte.
Weit besser ist's, dem Vaterland entsagen,
Als unter einem kindischen Geschlechte
Die Wut des blinden Pöbelhasses tragen.

Katja tippte das Geschriebene ab, während er sich um-
zog. Bevor sie zusammen nach Zürich fuhren, wusch
er sich auch noch schnell die Haare, er wollte nicht mit
schmutzigem Haar Abschied nehmen vom Vaterland.

Er bohrt den Spazierstock in seine Schuhspitze. Katja schilt ihn jedes Mal, wenn er das tut, er ruiniere sich
damit die Schuhe. Warum musste Korrodi auch ausgerechnet heute einen Unfall haben? Die Empfangsdame hatte ihn entschuldigend angesehen und ihm
dann umständlich erklärt, dass der Herr Chefredak-
teur ihn leider nicht empfangen könne, er sei heute
Morgen, auf dem Weg zur Redaktion, beim Aussteigen
aus der Straßenbahn gestrauchelt und unglücklich ge-
stürzt. Nein, nein, es sei nichts Ernstes, fügte sie eilig
hinzu, lediglich ein paar Prellungen und ein verstauchter Knöchel.

Er war unruhig in der Eingangshalle auf und ab gelaufen, während sie mit der Redaktion telefonierte. Es
hätte nicht viel gefehlt, und er wäre wieder nach Hause gegangen. Der herbeigerufene Redaktionsassistent,
ein junger Bursche mit dunklen Rehaugen und einer
goldgeränderte Brille, kam gerade rechtzeitig angelau-

fen und brachte ihn unter vielen Verbeugungen in die Redaktion. Herr Korrodi müsse einige Tage Bettruhe halten, sagte der junge Mann, bis Ende nächster Woche wahrscheinlich. Aber das verändere nichts, er solle sich keine Sorgen machen, Herr Korrodi habe ihn über alles informiert, und der Brief könne wie besprochen am Montag erscheinen.

Mit dem Brief in der Hand hatte er wie ein Schulbub dagestanden und nicht gewusst, was er antworten sollte. Der Assistent beteuerte immer wieder, der Brief sei bei ihm in guten Händen. Er würde höchstpersönlich dafür sorgen, dass er bei Herrn Korrodi zu Hause abgegeben werden würde, heute Abend noch, das könne er ihm versprechen. Der junge Mann hatte die Hand nach dem Brief ausgestreckt, und es war ihm nichts anderes übrig geblieben, als ihm den Brief anzuvertrauen.

Es fängt an zu nieseln. Dünne Schlieren sammeln sich auf seinen Brillengläsern, er fühlt die Nässe im Nacken. Wie dumm von ihm, keinen Regenschirm mitgenommen zu haben. Er schlägt den Pelzkragen hoch und beschleunigt seinen Schritt. Gott sei Dank ist es nicht mehr weit bis zum Bellevueplatz, wo Katja und Medi auf ihn warten.

3

Aus dem Wohnzimmer unten klingt Klaviermusik. Er lauscht, erkennt eine Sonate von Mozart. Medi übt schon wieder. Ganz besessen ist sie in letzter Zeit, verbringt jeden Tag viele Stunden am Klavier, es ist fast besorgniserregend. Trotz der geschloßenen Schlafzimmertür kann er jede einzelne Note hören. Lächerlich, wie hellhörig das Haus ist.

Die dilettantische Bauweise war ihm gleich beim ersten Rundgang aufgefallen. Er war durch die Zimmer gegangen, hatte probiert sich vorzustellen, dass er hier leben würde. Erika hatte recht gehabt, der Blick über den Zürichsee war wirklich beeindruckend, ebenso wie der große Garten mit der langen Steintreppe, die hinunter auf die Straße führte. Und das Haus war elegant, zweistöckig und doch zierlich wie ein Bungalow. Es hatte hübsche, weißgestrichene Fensterläden, und die bodenlangen Fenster ließen viel Licht herein. Auch sein Badezimmer gefiel ihm, es war beinahe so groß wie das in München.

Doch leider gab es auch viele Mängel. Die Wände waren dünn, und die Einrichtung war völlig unzulänglich. Durch die halbleeren Zimmer machte das Ganze einen provisorischen Eindruck. Die Treppe ins obere Stockwerk war steil und schmal. Zudem war das Esszimmer lächerlich klein, nirgendwo war genügend Platz für seine Bücher, und das, obwohl von seiner Bibliothek nicht mehr viel übrig war. Alles war igendwie beengend und degradierend.. Katja versuchte, ihn zu trösten, sie werde das Haus schon auf Vordermann bringen, und von seinem zukünftigen Arbeitszimmer könne er jeden Tag die Aussicht über den See genießen.

Er setzt sich in seinen Lieblingsstuhl neben dem Fenster und knipst die Leselampe an. Das bestickte Polster des Sessels ist abgewetzt, und vor ein paar Tagen war beim Hinsetzen plötzlich eine der Federn gesprungen. Seitdem hat die Sitzfläche eine unangenehme Kuhle. Außerdem sticht ihn die Spitze der gesprungenen Feder in den Oberschenkel, aber er vergisst immer wieder, Katja zu sagen, dass der Stuhl zur Reparatur gebracht werden muss.

Er muss zugeben, Medi spielt wirklich sehr hübsch. Auch Bibi ist ein ganz beachtlicher Musiker geworden, studiert Bratsche und Geige bei einem berühmten Professor. Er selbst hat das Geigespielen schon vor Jahren aufgegeben. In seiner Jugend hatte er jeden Tag geübt, Stunden und Stunden hatte er damit zugebracht, bis ihm klar wurde: er taugte nicht zum Musiker, es blieb bloße Stümperei. Und ein Dilettant, der zum eigenen Vergnügen ein bisschen fiedelt, nein, das wollte er nicht sein. Seitdem hat er das Instrument nicht mehr angerührt.

Er nimmt einen Schluck Tee, klopft mit dem Zeigefinger den Takt der Sonate auf die Sessellehne. Medi ist begabt, kein Zweifel, auch ihre Lehrer haben es bestätigt, aber sie hat Flausen im Kopf, will nach dem Abitur weitermachen mit dem Musikstudium, vielleicht sogar Konzertpianistin werden. Welch ein Unfug! Katja hat nur den Kopf geschüttelt über diese unsinnigen Pläne, aber Medi ist störrisch und eigensinnig, sie hat sich nicht so ohne weiteres abbringen lassen von ihrem Vorhaben, auch nicht, als Katja zu Recht sagte, dass ein Musikstudium für ein Mädchen doch wirklich nicht das Richtige sei. Warum muss Medi sich auch ausgerechnet den jüngeren Bruder zum Vorbild nehmen?

Bibi, der Unerwartete.

Der Arzt hatte Katja nach Medis Geburt gewarnt. Es sei besser, wenn sie keine Kinder mehr bekäme, ihre angegriffene Konstitution lasse eine erneute Schwangerschaft nicht zu. Und dann war es doch passiert, ein Unglück, eine Unvorsichtigkeit. Er hatte sich große Sorgen um Katjas Gesundheit gemacht, beriet sich mit dem Arzt, ob man die Schwangerschaft nicht besser beenden sollte, aber Katja entschied sich dagegen. Gottlob war dann doch alles gutgegangen, die Geburt war nicht schwieriger gewesen als bei den anderen Kindern.

Er hat sich nicht recht freuen können über den guten Ablauf, verspürte nur wenig Zärtlichkeit für das

Neugeborene. Das änderte sich auch nicht, als der Junge älter wurde. Bibi war ein schwieriges und verschlossenes Kind, neigte zu Jähzorn und Wutausbrüchen, hatte unbegreifliche Ängste. Er fürchtete sich vor dem Kruzifix, schon als kleines Kind schrie und weinte er beim Anblick des Kreuzes. Es blieb ihnen schließlich nichts anderes übrig, als über dem Kopfende von Bibis Bett ein Kruzifix aufzuhängen, damit der Junge sich an den Anblick gewöhnen konnte.

Und dann Bibis Ungeschicklichkeit! Ständig ließ er etwas fallen oder zerbrach etwas. Zu Weihnachten hatte der Junge einmal den Kopf eines vergoldeten Engels abgebrochen, und er hatte im Zorn gesagt: »Was tut der Bub überhaupt hier?«

Eigentlich sollte jemand wie er besser keine Kinder haben. Als sie noch klein waren, und auch später noch, musste er oft unwirsch werden, wenn ihr Lärmen ihn bei der Arbeit störte. Katja verstand das, auch wenn sie ihn manchmal einen rechten Pimperling schalt, weil er keine Unruhe vertrug. Nicht bei der allmorgendlichen Arbeit, und auch nicht nach dem Mittagessen, wenn er schlief. Nur ein einziges Mal hatte Katja Medi während seines Mittagsschlafs in sein Schlafzimmer geschickt, um ihn zu wecken. Das war, als der Anruf aus Schweden gekommen war. Ganz aufgeregt war die Kleine gewesen, etwas ängstlich auch, vorsichtig hatte sie ihn am Ärmel gezupft und ihm dann die freudige Nachricht ins Ohr geflüstert.

Er rutscht auf dem kaputten Stuhl hin und her, bis

er eine halbwegs bequeme Position gefunden hat, und greift nach den Zeitungen, die neben ihm auf dem niedrigen Tischchen liegen. Im *Morgenblatt* steht wieder einmal die Ankündigung, dass Hitler in Kürze seine Nachfolge bekanntgeben werde. Man gehe in Berlin von der Einrichtung eines Triumvirats aus, Göring, Hess und Blomberg seien die wahrscheinlichsten Kandidaten. Das Tausendjährige Reich, Triumvirat, demnächst wird Hitler sich noch einen römischen Lorbeerkranz zulegen. Was für eine Farce! Angewidert legt er die Zeitung beiseite.

Wie wird das alles bloß enden? Drei Jahre dauert der Alptraum jetzt schon, und wer weiß, wie lange er noch dauern wird. Die Mächte der Brutalität und der Reaktion haben sich verbunden mit allem, was geist- und kulturfeindlich ist, ein teuflisches Bündnis aus Angst und Verbitterung. Bildung und Denken sind selbstverständlich unerwünscht, und die kess-sadistische Propaganda verbreitet nichts als zukunftsfeindliche Ideenlosigkeit, weit und breit nichts Großes und Edles in Sicht.

Das Ganze eine tief schwelende Unzufriedenheit, seit langem schon genährt im Verborgenen und Geheimen, eine eitrige Fäulnis, die sich immer weiter ausbreitete. Und plötzlich hatte das alles einen Weg nach draußen gefunden. Das lange Unausgesprochene war endlich an die Oberfläche gekommen und hatte, gleichsam wie von selbst, das ganze Land in Besitz genommen. Wie eine Säure, die langsam in die Erde sickert, unaufhaltsam, immer weiter. Eine Säure, die alle Schichten durchdringt, bis alles zerfressen und zersetzt ist. Und das Volk, verwundet und unverstanden, betäubt durch Verheißungen, hält sich für zukunftsgerichtet, mutig, revolutionär. Welch ein trostloses Missverständnis!

An das Scheusal in Berlin mag er gar nicht erst denken. Alles an diesem Mann ist abstoßend, das *Gefreitenhaft-Militärische*, das Pathos, die Stimme. »Der Mann klingt wie ein toll gewordener Kettenhund«, sagt er jedes Mal zu Katja, wenn eine Hitler-Rede im Radio übertragen wird. Die Stimme verrät den unergründlichen Groll dieses Mannes, die schwärende Rachsucht des Untauglichen, zehnfach Gescheiterten. Der zu nichts fähige *Dauerasylist,* der mit seiner massenwirksamen Beredsamkeit in den Wunden des Volkes wühlt und sein eigenes Zu-kurz-Gekommensein geschickt verbunden hat mit dem Minderwertigkeitsgefühl der Massen.

Ihm ist nicht wohl, der Magen drückt und zwickt, er hat nach der Rückkehr aus Zürich zu hastig gegessen. Er sollte besser gleich etwas einnehmen, sonst würde der Magen die ganze Nacht keine Ruhe geben. Die gesprungene Feder quietscht beim Aufstehen. Er geht ins Badezimmer, sucht im Medizinschränkchen nach den Magentropfen. Das Fläschchen ist beinahe leer, er darf nicht vergessen, nächste Woche ein neues zu kaufen. Vorsichtig zählt er die Tropfen auf den Teelöffel. Zehn, das sollte reichen. Er schüttelt sich, trinkt schnell ein Glas Wasser hinterher, spült den Löffel ab.

Mit den Händen aufs Waschbecken gestützt, bringt er sein Gesicht näher an den Spiegel. Das grelle Licht lässt ihn blinzeln. Seine Züge sind hagerer als früher, und die Falten auf der Stirn haben sich zu Furchen vertieft. Er richtet sich auf, fährt sich mit der Hand durchs Haar. Er hat silbrige Fäden an den Schläfen, auch der Schnurrbart ist mehr grau als schwarz, und an der Stirn sind die Haare dünn geworden, die Geheimratsecken ausgeprägter als früher. Aber im Großen und Ganzen kann er zufrieden sein, man sieht ihm seine Jahre wahrlich nicht an. Und doch, einundsechzig beinahe, er sollte sich nichts vormachen, er ist im letzten Lebensdrittel, und eine gewisse geistige Versteiftheit ist nicht zu leugnen, er weiß es.

Er geht zurück ins Schlafzimmer, nimmt ein Buch vom Nachttisch, liest ein paar Zeilen, klappt es wieder zu. Er ist nicht in der Stimmung für Balzac. Er zieht die Schuhe aus und dann den Anzug und das Hemd. Mit ausgebreiteten Armen macht er zehn Rumpfbeugen, dann zehn Kniebeugen. Ihm wird etwas schwindlig dabei, der Kreislauf ist wirklich nicht stabil heute. Er setzt sich aufs Bett und atmet ein paarmal tief ein und aus.

Sollte er den Brief bestehen lassen oder nicht? Es geht ja nicht nur um die Münchner Möbel und das Haus. Seine Bücher würden in Deutschland verboten werden, und auch die Ausbürgerung würde nicht mehr abzuwenden sein. Sei's drum, eine Rückkehr nach Deutschland ist auch ohne Ausbürgerung ausgeschlossen. Aber der Verlust der deutschen Leserschaft, das darf man nicht auf die leichte Schulter nehmen.

Katja hatte gleich bemerkt, dass er niedergeschlagen war, als er von der Redaktion kam. Sie schlug vor, ins Kino zu gehen, das würde ihn ablenken. Im Cinema Nord-Süd werde *Le Rosier* gegeben, sie habe sich den Film doch schon letzte Woche ansehen wollen und das Kino sei ganz in der Nähe.

Eigentlich wäre er lieber nach Hause gefahren. Er war müde und hatte keine Lust auf einen Film. Dabei ging er gerne und oft ins Kino. Am liebsten mochte er amerikanische Western und Screwball-Komödien. Vor kurzem hatten sie sich im Rex *Episode* angesehen, mit der großartigen Paula Wessely, ein köstlicher Film. Aber Buchverfilmungen waren doch meist irgendwie quälend. Und Maupassants Tragikomödie war kein guter Filmstoff.

Stets mehr Bücher und Bühnenstücke wurden verfilmt, *Anna Karenina*, *Im Westen nichts Neues*, *Der Revisor*. Vielleicht hatte der alte Bermann ja recht, und dem Film gehörte die Zukunft. Aber Drehbücher schreiben? Nein, danke. Der Fehlschlag mit der Verfilmung vom *Tod in Venedig* war genug.

Der Film hatte ihm nicht besonders gefallen, gut gespielt zwar, vor allem Fernandel war hervorragend, aber er bekam nur die Hälfte mit, der Brief ging ihm nicht aus dem Kopf. Er war froh, als das Licht wieder anging.

Während der Rückfahrt nach Küsnacht gewitterte es. Er saß auf dem Rücksitz, lehnte den heißen Kopf gegen das Autofenster und zeichnete mit dem Zeigefinger die Regentropfen nach, die auf der Scheibe entlangliefen. Katja und Medi unterhielten sich über den Film, Katja war ganz begeistert. Sie amüsierte sich über die vergebliche Suche der Dorfbewohner nach einer jungfräulichen Rosenkönigin. Medi fand den Film weniger gut, sie war voller Mitleid mit dem armen Isidore und meinte, es sei herzlos und schändlich, dass die Dorfbewohner den kindischen Narren nur so, zum Spaß, zur Rosenkönigin gekrönt hatten.

»Und dann lassen ihn alle im Stich, aus Verzweiflung vertrinkt er sein ganzes Geld in Paris und endet in der Goße, das ist doch wirklich ungerecht!«

Katja hatte über die Entrüstung ihrer Tochter lauthals gelacht.

»Ach was, es geschieht ihm ganz recht«, sagte sie, »er hätte sich halt nicht betrinken dürfen!«

Medi schwieg, er merkte ihr an, dass Katjas Unnachgiebigkeit sie verletzt hatte. Er beugte sich nach vorn und legte ihr begütigend die Hand auf die Schulter. Armes Kind! Medi ist empfindsam und verletzlich, sie gleicht ihm in dieser Hinsicht. Auch die nervösen Schluckbeschwerden hat sie von ihm geerbt, seit einiger Zeit kann sie kaum etwas essen, wenn sie in Gesellschaft sind. Ihm geht es genauso. Wenn er aufgeregt ist oder in schlechter Stimmung, kann er keinen Bissen hinunterbekommen.

Zu Hause hatte er gemerkt, wie hungrig er war. Außer einer Hühnersuppe hatte er vor der Fahrt nach Zürich nichts gegessen. Martha war schon nach Hause gegangen, aber sie hatte eine Platte mit kaltem Entenbraten bereitgestellt. Katja machte ihm ein Butterbrot mit Schnittlauch dazu. Er aß mit Appetit, während er ihr von Korrodis Unfall und dem Assistenten erzählte.

»Mir ist nicht geheuer bei dem Gedanken an den jungen Mann«, sagte er, »vielleicht hat er sein Versprechen, den Brief heut Abend noch bei Korrodi abzugeben, nicht ernst gemeint? Wäre es nicht besser gewesen, ich hätte den Brief wieder mitgenommen und nächste oder übernächste Woche Korrodi persönlich in die Hand gedrückt? Eine Woche mehr oder weniger, was macht das schon aus?«

Katja hatte ihn ausgelacht. »Tommie, du siehst wirklich Gespenster! Er hat's versprochen, also mach dir keine Sorgen. Korrodi hat den Brief inzwischen bestimmt bekommen.«

Er hängt den Anzug zum Ausbürsten auf den Kleiderständer, wählt einen für morgen, den dunkelgrauen, nein, besser den blauen; dazu ein weißes Oberhemd, eine gestreifte Krawatte, das Brusttuch.

Er zieht den Schlafrock an und geht die Treppe hinunter. Es ist still, Katja und die Kinder sind wohl schon schlafen gegangen. In der Diele stolpert er bei-

nahe über Toby, der wieder einmal mitten in der Eingangshalle liegt. Er streicht dem Hund kurz über den
Kopf und geht ins Arbeitszimmer.

4

Missmutig rückt er seine Sächlein auf dem Schreibtisch zurecht. Die Zugehfrau hat beim Abstauben wieder einmal alles in Unordnung gebracht. Wie oft hat er sie nicht schon ermahnt, besser aufzupassen! Ein aufgeräumter Schreibtisch ist wichtig, Unordnung und Chaos verstopfen das Gehirn. Jeden Tag nach getaner Arbeit verstaut er die Notizpapiere und Manuskriptseiten sorgfältig in der Ledermappe, legt alles bereit für den folgenden Tag.

Er nimmt das Tagebuch aus der obersten Schreibtischschublade, schüttelt den Kopf. In den Schubladen ist es mit der Ordnung nicht gerade weit her. Schnüre und Siegellack, Visitenkarten und alte Lesebrillen, leere Streichholzschachteln und Fotos, Plaketten und Ehrenurkunden, alles liegt kreuz und quer durcheinander. Oben hui und unten pfui.

Er schiebt die Schublade schnell wieder zu und nimmt den Federhalter aus dem Etui. Heute ist ein besonderer Tag, am Nachmittag hat er den Brief fertiggestellt, das muss festgehalten werden. »In Bewegung abgeschlossen«, schreibt er ins Tagebuch. Der Rest des Tages ist rasch notiert. Die Fahrt nach Zürich, mit Medi und Katja. Korrodis Unfall, die Abgabe des Briefes, der Kinobesuch, der Zeitungsbericht über das geplante Triumvirat. Er hält inne, der Brief ist wichtig, er sollte den Tagesbericht damit beschließen. Er schreibt rasch ein paar Zeilen, zögert erneut und schreibt dann den letzten Satz: »Mein Wort wird nicht ohne Eindruck bleiben.« Ja, so ist es gut. Er schraubt den Füllfederhalter zu.

Meist hört er vor dem Zubettgehen noch etwas Musik, aber heute ist ihm nicht danach zumute. Er blättert in dem wachstuchgebundenen Heft, liest wahllos in den Notizen aus der Vergangenheit. Die Tage reihen sich aneinander, die Zeit fließt dahin, Woche um Woche, an den Sonntagen ist die Datumszeile rot markiert.

Er ist brav gewesen, beinahe täglich findet sich die Mitteilung, dass er einige Zeilen geschrieben hat. Leider auch oft, viel zu oft, dass die Arbeit ihm schwerfällt, dass er lustlos ist, dass er nur schwer vorankommt. Nach dem kurzen Bericht über die allmorgendliche Arbeit die Ereignisse des Tages. Besucher, Ausflüge, Mahlzeiten mit Katja und den Kindern, Spaziergänge, Theaterbesuche und Lektüre, Korrespondenz. Seine Stimmungen, seine Leiden. Sein Leib reagiert auf die vielen Anforderungen des Lebens mit Anspannung und Unwohlsein, mit Leibschmerzen und Verdauungsstörungen. Das Leben ist eben oft schwer verdaulich.

Warum schreibt er das alles auf? Für die Nachwelt? Wohl kaum, die Notizen haben keinen literarischen Wert. Niemand hat die Hefte jemals gelesen, auch Katja und die Kinder nicht. Die Tagebücher aus seiner Jugendzeit hat er schon vor Jahren verbrannt, und auch das, was sich seitdem angesammelt hat, würde er eines Tages ins Feuer werfen.

Dennoch sitzt er Abend für Abend am Schreibtisch, um den fliegenden Tag festzuhalten. Sich selbst Rechenschaft ablegen, das ist's wahrscheinlich, bindende Selbstüberwachung. Und eine Stütze in schweren Zeiten, das auch. In den ersten Wochen, damals in Arosa, waren die täglichen Notizen das Einzige, was er schreiben konnte.

Was nicht verändert werden kann, muss ertragen werden. Und das tut er auch, seit drei Jahren schon. Dennoch bleibt es unfassbar, dass die Zufälligkeit der Arosareise sein Schicksal bestimmt hat. Wie würde sein Leben aussehen, wenn er nicht nach Arosa gefahren wäre? Oder wenn er den Wagnerartikel nicht geschrieben hätte? Welche Ironie des Schicksals, dass ausgerechnet Wagner ihn den Kopf gekostet hat.

Die Ernennung Hitlers zum Reichskanzler hatte er beinahe mit Gleichgültigkeit hingenommen, so sehr nahmen ihn die Korrekturen des Wagneraufsatzes in Anspruch. Den ganzen Januar arbeitete er daran, trotz der Grippe, die ihm Mitte des Monats zu schaffen machte. Es gab so vieles, das er über Wagner sagen wollte.

Schopenhauer, Nietzsche, Wagner. Das Dreigestirn, das sein Leben begleitet, mit Wagner immer im Mittelpunkt. Wagner, das wichtigste Musikerlebnis seiner Jugend. Die vielen Stunden tiefen Glücks im dunklen Theatersaal, erst in Lübeck und später in München.

Seine nie ermüdende Neugier nach dem großen Werk, immer wieder gab es Neues zu entdecken. Wagners musikalisches Genie, hoch über dem Niveau seiner Vorgänger. Wagner und das 19. Jahrhundert. Wagner und Tolstoi, Wagner und Ibsen. Wagner, der Entdecker des Mythos' für die Oper; das *Rheingold*, *Siegfried*, *Parsifal*, *Tristan*. Das Lohengrinvorspiel, das Wunderbarste, das Wagner komponiert hat. Betörende Töne, die ihn noch heute zu Tränen rühren können. Mythos und Psychologie. Das besessene, gequälte Leben. Größe und Leiden.

Die Bedeutung von Wagners Werk für sein eigenes Schaffen. Er mochte dann nicht taugen zum Musiker, aber als Dichter ist er immer ein versetzter Musiker geblieben. Die Musik ist das Paradigma aller Kunst. Und die Kunstform des Romans ist nichts anderes als eine Komposition in Worten, eine Ideensymphonie. Ein Werk der Kontrapunktik, das Zusammenspiel von Gegensatz und Harmonie. Wer den Kontrapunkt wirklich verstanden hat, der versteht auch, dass es in einer Gesellschaft gegenläufige Kräfte geben muss.

Siebzig Seiten waren es schließlich geworden. Die *Neue Rundschau* druckte den Essay ohne Murren ab, aber für die geplanten Vorträge war der Text viel zu lang. Also musste auch noch eine gekürzte Version für die Vortragsreise erstellt werden. Das Streichen fiel ihm schwer, es gab nichts Überflüssiges in dem Text. Alles war wichtig, alles musste gesagt werden. Er war unzufrieden mit der Kurzversion, aber der Vortrag wurde dennoch ein Erfolg.

Das Auditorium Maximum in München war bis auf den letzten Platz besetzt gewesen, die Menschen hatten ihm begeistert zugejubelt. Tags darauf war er mit Katja nach Amsterdam gefahren und dann nach Brüssel und weiter nach Paris. Überall volle Säle, der Vortrag wurde stürmisch gefeiert. Aber er war müde, er hatte die Grippe immer noch nicht völlig überwunden. In Paris hustete er viel und hatte wieder leichtes Fieber.

Ende Februar war der letzte Vortragsabend dann endlich geschafft, und er konnte mit Katja und Medi nach Arosa fahren. Drei Wochen Erholung in der Höhenluft. Die vertraute Umgebung des Waldhotels würde seinen Nerven guttun. Katja und Medi hatten sich aufs Skifahren gefreut, Medi wollte endlich lernen, einen feschen Slalombogen zu machen.

Auf der Zugfahrt las er ein bisschen, trank warme Schokolade und machte sich im Geist Notizen für den *Joseph*. Zwischendurch nickte er immer wieder ein, das sanfte Wiegen des Zuges machte ihn angenehm schläfrig. Er mochte das Zugfahren, schon als junger Mann war er immer gerne mit dem Zug gefahren. Das langsame Vorbeiziehen der Welt, die allmählichen

Veränderungen in der Landschaft, die den Reisenden auf die Ankunft in der neuen Umgebung vorbereiteten.

Ahnungslos war er gewesen, gänzlich ahnungslos. Wie hätte er auch vermuten können, dass diese Fahrt seinen Abschied aus Deutschland einläuten würde? Später wünschte er sich oft, dass er aus dem Zugfenster gesehen hätte. Er hätte sich die Landschaft einprägen sollen, dann hätte er die Bilder mitnehmen können in die Fremde. Nicht einmal an den Grenzübergang zwischen Lindau und Bregenz konnte er sich erinnern, die letzten Eindrücke aus Deutschland waren im Halbschlaf an ihm vorbeigeglitten.

In Arosa waren sie wie immer mit dem Pferdeschlitten vom Bahnhof hinauf ins Hotel gefahren. Er hatte die Fahrt genossen, die verschneite, verstillte Schönheit der Landschaft. Trotz der frostigen Kälte war ihm wohlig und warm, er hatte sich eingemummelt in die Felldecke des Kutschers. Die Pferde trabten durch den Schnee, die Glöckchen an ihrem Zaumzeug klingelten leise. Er sah auf die schneebedeckten Bäume und dachte an seine Mutter.

Sie war im fernen Brasilien geboren und als junges Mädchen vom Vater nach Deutschland gebracht worden. Jedes Jahr, wenn es schneite, erzählte sie ihm und den Geschwistern die Geschichte vom ersten Winter in Lübeck: sie hatte zum ersten Mal in ihrem Leben Schnee gesehen und diesen für Zucker gehalten.

Dann bei der Ankunft im Waldhotel das übliche

hektische Durcheinander. Er suchte in der Manteltasche nach Trinkgeld für den Kutscher, das Gepäck wurde ausgeladen, einer von Katjas Koffern war am Bahnhof zurückgeblieben und kam erst Stunden später im Hotel an. Er installierte sich in seinem Zimmer, packte seine Reisetasche aus, legte die Schreibmappe für die Arbeit am folgenden Morgen bereit. Sie hatten dieselben Zimmer wie im Jahr zuvor, die Möbel waren wundersam vertraut.

Die ersten Tage in Arosa waren strahlend und blau. Alles schien wie immer. Medi und Katja gingen Skifahren, während er arbeitete. Nachmittags lange Spaziergänge durch die verschneiten Wälder, danach Tee oder Punsch im Old India, abends Musik im Spielsalon.

Und unterdessen brach in der Heimat die Welt zusammen. Man fährt nichtsahnend in den Urlaub, und bevor man sich's recht versieht, ist einem das Heimatland davongelaufen. Und das mit einer Geschwindigkeit, dass einem ganz schwindlig im Kopf wird.

Der Reichstagsbrand, die Auflösung des Reichstags, Hindenburgs Rede. Die erste Notverordnung. Eine Verordnung ›zum Schutz von Volk und Staat‹, was sollte das denn bitte bedeuten?

Jeden Tag in den Zeitungen neue Ungeheuerlichkeiten. Die Kommunisten und andere Regimegegner ausgeschaltet, geflüchtet, verhaftet oder ermordet. Es war unbegreiflich, was da in der Heimat vor sich ging. All die Gesetze und Verordnungen, so etwas musste doch von langer Hand vorbereitet gewesen sein. Warum

hatten die Bürgerlichen in Berlin nichts davon mit-
bekommen? Und die Bereitwilligkeit, mit der alle mit-
machten, die Liberalen, das Zentrum, die Bayrische
Volkspartei. Keiner von ihnen widersetzte sich. Hatten
die denn auf einmal alle den Verstand verloren?

Dann kamen die Märzwahlen, und er hatte noch
einmal Hoffnung geschöpft. Hitler hatte sich verrech-
net, die Mehrheit der Deutschen hatte ihn nicht gewählt. Aber schon bald wurde klar, dass das nichts aus-
machte. Neue Notverordnungen folgten, der Reichstag
wurde gänzlich ausgeschaltet. Im November sollte es
wieder Wahlen geben, und Hitler feierte seine Nieder-
lage, als ob sie ein Sieg wäre. Im ganzen Lande unzählige Weihestunden, mit Fahnen und Aufmärschen.
Und das Volk jubelte. Ganz entfesselt waren die Menschen, trunken und besinnungslos. Kurz nach den
Wahlen schaffte Hindenburg die alten Reichsfarben
ab. Die Hakenkreuzfahne wurde die neue Reichsfah-
ne, und dann, der Höhepunkt, die Schmierenkomödie
in Potsdam: Hindenburg, in Uniform und Pickelhaube,
der am Grabe Friedrichs des Großen die Verbeugung
von Hitler entgegennahm.

Die geplanten drei Urlaubswochen waren inzwischen beinahe vorüber. Was sollten sie danach tun?
In Arosa bleiben oder nach Hause fahren? Sie überleg-
ten tagelang hin und her. Trotz allem sehnte er sich
nach München. Außerdem brauchte er das Material
für den *Joseph*, er hatte nur das Allernötigste mitgenommen.

Katja wollte im Waldhotel bleiben, vorläufig jedenfalls. Sie meinte, man könne besser erst einmal abwarten. Abwarten, wie die Lage in der Heimat sich entwickeln würde. Er plädierte für eine Rückkehr, er habe das enervierende Abwarten satt. Er wolle nach München, wenigstens lange genug, um seine Sachen zu ordnen. Wenn die Lage in Deutschland einen dauerhaften Aufenthalt nicht zulassen würde, könne man ja wieder zurückgehen in die Schweiz. Katja gab schließlich nach, und sie beschlossen, nach Hause zu fahren.

Doch dann kam der Anruf von Eri aus München. Sie war vorsichtig am Telefon, sagte nichts über die politischen Zustände, sondern sprach eindringlich von der schlechten Wetterlage, die seiner Konstitution nicht gut bekommen würde. Trotz der verschleierten Nachricht verstand er sofort, was das bedeutete. Er würde Gefahr laufen, in Deutschland vielleicht sogar verhaftet zu werden. Er war wie vom Donner gerührt, aber er hatte keine Wahl, sie mussten in Arosa bleiben. Nur Medi hatte sich gefreut, es war das erste Mal, dass sie mit Erlaubnis der Eltern die Schule schwänzen durfte.

Trotz Erikas Warnungen wollte er noch nicht glauben, dass die Heimat verloren war. Es konnte, es durfte nicht sein. Die Leute würden sich auflehnen, ganz bestimmt. Man musste ihnen nur ein bisschen Zeit geben, und dann würde ein Zustand halbwegs gutartiger Lebensordnung wiederhergestellt sein, ein Zustand, der seine Rückkehr ermöglichen würde.

Wie dumm und naiv von ihm! Katja war da hellsichtiger gewesen, sie hatte die Lage gleich viel klarer erkannt und verstanden, dass die Heimkehr nicht nur vorübergehend ausgeschlossen war.

Nach der verhinderten Heimreise dehnten sich die Tage im Waldhotel ins Endlose, schwerfällig und aussichtslos. Sein Leben war in ein Schneetreiben gekommen, das ihm die Sicht nahm. Um ihn herum nur weiße wirbelnde Flocken, das Nichts. An Arbeiten war nicht mehr zu denken. Jeden Morgen probierte er es, er setzte sich an den Schreibtisch, das weiße Blatt Papier vor ihm auf dem Tisch. Stundenlang saß er da, den Füllfederhalter in der Hand, er war wie erstarrt.

Medi, die genug hatte von dem verlängerten Skiurlaub, flehte und bettelte, sie wolle wieder nach München, sie vermisse ihre Freundinnen und sie wolle endlich wieder zur Schule gehen. Nach einigem Zögern willigte Katja ein. Golo sei ja auch in München, er könne auf Medi aufpassen.

Aber schon eine Woche später rief Medi an, sie wolle so schnell wie möglich wieder weg. Sie weinte am Telefon, es sei ganz und gar schrecklich hier, alles habe sich verändert, in der Schule müssten sie jeden Morgen das Horst-Wessel-Lied singen, und ihre beste Schulfreundin habe den Klassenlehrer im Braunen Haus angezeigt, weil er die Schulstunde nicht mit dem Hitlergruß angefangen habe. Zwei Tage später war Medi wieder in Arosa. Und auch Bibi wurde aus dem Internat in die Schweiz geholt.

Ende März dann die Abstimmung über das Ermächtigungsgesetz, die auch in der Schweiz im Radio übertragen wurde. Er saß mit Katja in der Hotelhalle, sie hielten sich an den Händen, er zitterte wie Espenlaub. Der Vormann der Sozialisten, der unter dem Hohngelächter der Braunhemden das »Nein« seiner Partei verkündete. Der Tumult, der auf die fatale Abstimmung folgte. Der Radiosprecher, der mit sich überschlagender Freudenstimme das Ergebnis verkündete. Die Abgeordneten der NSDAP, die singend und johlend ihren Sieg feierten.

Nach der Radioübertragung konnte er nicht mehr schlafen, wälzte sich jede Nacht schweißgebadet im Bett. Eine Nervenkrise folgte auf die nächste, manche davon so schlimm, dass er fürchten musste, den Verstand zu verlieren. Er war völlig außer sich, hatte hohes Fieber, aß nicht mehr. Katja saß viele Tage an seinem Bett, flößte ihm Tee mit Seconal ein und flüsterte beschwörend: »Alles wird wieder gut. Alles wird wieder gut.« Aber sie wussten beide, dass das nicht stimmte. Nichts würde jemals wieder gut werden. Nichts würde jemals wieder so werden, wie es einmal gewesen war.

Nach einer Woche ging es ihm wieder etwas besser, seine Nerven hatten sich etwas gefestigt, er aß auch wieder, und er dachte, dass er das Schlimmste hinter sich habe. Aber er hatte sich gründlich geirrt.

Im April erschien in den deutschen Zeitungen ein »Aufruf der Wagnerstadt München«. Ihm wurde übel, als Katja ihm den Artikel vorlas. Da wurde behauptet, er habe mit seinem Wagnervortrag das Andenken des großen Komponisten beschmutzt. Beschmutzt, ausgerechnet er!

Er konnte es nicht fassen, wollte es nicht glauben. Nicht die Nazibande hatte ihn in Acht und Bann getan – das hätte er noch hinnehmen können, von denen hatte er nichts anderes erwartet –, nein, es waren Menschen aus seiner eigenen Umgebung, Menschen, die er seit Jahren kannte. Knappertsbusch, Pfitzner und allen voran Richard Strauss, alle hatten sie das hundsföttische Dokument unterzeichnet. Das gesamte Ensemble der Oper, der Intendant, der Chefdirigent, selbst der Oberbürgermeister von München, alle hatten sie sich gegen ihn gekehrt. Es war eine nationale Exkommunikation.

Was hatte er diesen Leuten jemals angetan? Alles in seinem Leben hatte er in den Dienst der Heimat gestellt. Hatte er nicht selbst noch im Augenblick des höchsten Triumphes Deutschlands gedacht? »Ich lege diesen Weltpreis meinem Land und meinem Volk zu Füßen«, hatte er in seiner Ansprache in Stockholm gesagt. Und nun, vier Jahre später, dieser Absturz, diese Schande, diese Niedertracht.

Hitler und Wagner, er hätte es wissen sollen. Hitler, der zehn Jahre zuvor in Bayreuth von Wagners Schwiegertochter als Retter Deutschlands empfangen worden war. Die Nazifahnen bei den Festspielen, schon damals. Höhlenbärenmäßige Deutschtümelei hatte er es genannt. Und wie recht hatte er behalten.

Das Wagner-Debakel und kurz danach die Hausdurchsuchung in München machten ihm endgültig klar: er konnte nicht zurück. Der Schutzhaftbefehl lag wahrscheinlich schon für ihn bereit. Man musste froh sein, dass man Golo, der immer noch in München war, nicht verhaftet hatte und dass Katja gerade noch rechtzeitig vor der Durchsuchung eine Freundin der Familie bereit gefunden hatte, das *Josephs*-Manuskript und das umfangreiche Material – Entwürfe, Bücher, Notizhefte – aus dem Haus zu schaffen und in die Schweiz zu schicken. Das ganze Haus hatten die Lumpen durchwühlt, Golo meinte, sie hätten wahrscheinlich nach verbotenen Devisen gesucht.

Er machte Pläne, verwarf sie wieder, machte neue. Nichts hielt stand in diesen Tagen. Außerdem war da die lästige Passfrage, sein Reisepass war Anfang April abgelaufen. Er machte sich Vorwürfe, dass er den Pass nicht vor dem Arosaurlaub hatte verlängern lassen. Jetzt musste man sehen, ob er noch eine Verlängerung bekommen würde. Pass hin oder her, sie konnten jedenfalls nicht ewig in Arosa bleiben. Das Waldhotel war teuer und als dauerhafte Bleibe ungeeignet. Aber wohin sollten sie gehen? Nach Innsbruck vielleicht oder nach Basel?

Sieben Monate zog das Herumreisen sich hin. Heimatlose Zigeuner waren sie geworden, Ausgestoßene, denen die Heimat sich verschlossen hatte. Vom Waldhotel ging's erst ins Haus einer Freundin in Lenzerheide, dann nach Lugano, von dort nach Rorschach, weiter nach Basel und schließlich nach Südfrankreich, Les Roches Fleuries, Bandol, Sanary. Katja hatte sich Sorgen gemacht wegen des abgelaufenen Passes, befürchtete, man könne ihnen die Einreise nach Frankreich verweigern. Der französische Konsul war aber überaus entgegenkommend, nannte ihn *cher maître*.

Die Rückversicherung vom Quai d'Orsay kam nach wenigen Tagen, und der Konsul gab ihm auch noch ein persönliches Empfehlungsschreiben.

Sieben Monate des Herumvagabundierens, ohne Ziel und ohne Zuhause. Immer wieder eine neue Bleibe, immer wieder ein fremder Ort. Er hasste die Unordnung des Reiselebens, das Unstete und Provisorische, das Leben zwischen fremden Sachen. Ihm war, als seien die Wurzeln seines Lebensbaumes gewaltsam aus der Erde gerissen worden.

Die Lage in der Heimat wurde unterdessen nicht besser, die braunen Machthaber verfolgten ihn mit ihrem Hass und immer neuen Gemeinheiten. In Lugano, zwei Monate nach dem Wagneraufruf, der Brief vom Rotaryverband. Kurz und bündig, ohne Umschweife und ohne jede Entschuldigung, wurde ihm mitgeteilt, dass man ihn aus dem Verband ausgeschlossen hatte. Auch aus dem Schriftstellerverband musste er austreten.

Dann, im Frühsommer, in Bandol, hörte er von den Bücherverbrennungen, den schwarzen Listen. Goebbels war dabei, in Berlin, er fulminierte am Opernplatz gegen den überspitzten jüdischen Intellektualismus, und die Menschen jubelten. Auch Heinrich stand auf der Liste und Klaus. Sein Name wurde nicht genannt, noch nicht. Aber wie lange würde es noch dauern, bis auch seine Bücher in Deutschland verboten werden würden? Und dann, wie sollte es dann weitergehen? Er dachte schaudernd an das prophetische Dichterwort von Heine: »Das war ein Vorspiel nur, dort wo man Bücher verbrennt, verbrennt man auch am Ende Menschen.«

Heinrich, der ihn kurz darauf in Bandol besuchte, schien die Verbrennung seiner Bücher weniger anhaben zu können, als er gedacht hatte. Sie trafen sich in einem kleinen Café am Hafen, Heinrich hatte einen Tisch auf der Straßenterrasse ausgesucht und Rotwein bestellt.

»Ich trinke jeden Abend eine halbe Flasche. Der Burgunder ist wirklich vorzüglich hier«, sagte Heinrich und blinzelte ihm zu. »Das solltest du auch probieren, du wirst sehen, es hilft.«

Seit Heinrich nicht mehr in Deutschland lebte, sprach er wieder mit Lübecker Akzent, es war geradezu rührend. Überhaupt machte der ältere Bruder einen robusten, lebensfrohen Eindruck. Er schien sich wohl zu fühlen im französischen Exil, er konnte sogar regelmäßig Geld schicken an Mimi, die mit der Tochter in Prag lebte. Nicht sehr fein natürlich, die Ehefrau so im Stich zu lassen, aber immerhin sorgte er finanziell für sie. Er war ein wenig neidisch, dass der Bruder sich so problemlos zurechtfand in der neuen Lebenslage. Nun ja, Tatsache war, dass Heinrich in gewisser Weise immer schon in der Opposition gelebt hatte, das machte vieles einfacher.

»Ich vertrage den Wein schlecht«, antwortete er, »wie so vieles übrigens in letzter Zeit. Auch Kaffee trinke ich kaum noch. Und der Mistral macht mir zu schaffen.«

Er hatte sich gefreut auf Heinrichs Besuch, auf die gemeinsamen Spaziergänge und Gespräche, aber leider war Heinrich nicht alleine gekommen. Warum hatte er bloß die schreckliche Frau Kröger mitgebracht? Eine echte Heinrichbraut war das, ungebildet und laut, wie die Schauspielerinnen, mit denen er sich in Berlin vergnügt hatte, während Frau und Tochter in München auf ihn warteten. Drall und blond, aufgetakelt, mit zu viel Schminke, einem grellbunten Hut und einem Pelzkragen. Ein Pelzkragen, an der Riviera, im Sommer! Es war einfach geschmacklos, man sah ihr sofort das zweifelhafte Etablissement in Berlin an, in dem Heinrich sie aufgegabelt hatte. Außerdem trank sie zu viel.

»Du hast abgenommen«, sagte Heinrich, »isst du auch genug?«

Er nickte und antwortete: »Ja doch, ja«, und schaute aufs Wasser.

Er liebt das Meer, das Unbezähmbare, die Weite, den sich immerfort ausdehnenden Horizont, die Endlosigkeit. Leicht und schnell an der Oberfläche und in der Tiefe dunkel und schwer. Die bunten Fischerboote, die mit langen gedrehten Tauen am Kai befestigt waren, schwankten im Wind. Ein kleines Boot, das rot in der untergehenden Sonne glitzerte, zerrte am Seil, es sah aus, als wollte es sich mit aller Macht losrücken, weg vom Hafen, hinaus aufs Meer.

Auf dem Weg zurück ins Grand Hôtel erzählte Heinrich von seinem Buch, das er scherzend »mein Alterswerk« nannte. Es schien gut voranzugehen, und er beneidete den Bruder um dessen Eifer und schämte sich, wie wenig er selbst in den letzten Monaten zustande gebracht hatte. Immer wieder hatte er die Arbeit am *Joseph* weggelegt, es gab Tage, an denen seine Arbeitslust gerade einmal ausreichte für Briefe und das Tagebuch.

Er ging schweigend neben dem Bruder her. Heinrich summte vor sich hin, sein Gesicht war gerötet von der Sonne und vom Wein.

»Hübsch hast du's hier«, sagte Heinrich, als sie sich vor dem Hotel verabschiedeten.

Das Grand Hôtel mit dem hellrosa Anstrich und dem zyklamroten Flieder an der balkonverzierten Fassade war wirklich sehr schmuck. Nach dem Mittagessen saß er gerne im Garten, trank Tee und rauchte eine Zigarre. Im Juni hatten sie hier seinen Geburtstag gefeiert, aber er war in trüber Stimmung gewesen, trotz des Champagners und dem festlichen Abendessen, das Katja und die Kinder für ihn organisiert hatten.

»Es ist hübsch, ja«, antwortete er, »aber es bleibt ein Hotel.«

Er sah dem Bruder nach, Heinrich schwenkte seinen Strohhut in der Luft und rief: »Bis nachher!« Er wollte zum gemeinsamen Abendessen zurückkommen. Mit Frau Kröger natürlich.

Wenige Tage nach Heinrichs Besuch waren sie umgezogen nach Sanary. Katja hatte für den Sommer eine möblierte Villa gefunden. Später dachte er noch oft an das Haus und die kleine Steinterraße, wo er abends im Dunkeln in seinem Korbsessel saß und die Sterne betrachtete. Es war das erste Mal seit Arosa, dass er wieder arbeiten konnte.

Beinahe vier Monate verbrachten sie dort. Heinrich kam regelmäßig zu Besuch und bedrängte ihn, sich dauerhaft in Südfrankreich niederzulassen. Es stimmte schon, die Nähe zum Bruder und zu Golo, der inzwischen auch in Südfrankreich wohnte, wäre ein Vorteil, und trotz des Mistrals war das Klima angenehm, leicht und blau und rein. Aber es wimmelte in der ganzen Gegend von deutschen Emigranten und gestürzten Größen, da konnte er sich auf die Dauer nicht wohlfühlen. Zudem war die Sprache ein Problem, er hatte Französisch in der Schule schon nicht gemocht. Nein, Südfrankreich war nicht das Richtige für ihn. Dann schon lieber die Schweiz, da wurde zumindest deutsch gesprochen.

Auch Katja sah die Vorteile der Schweiz. Sie wollte am liebsten in die Nähe von Zürich. Ihr gefalle diese Stadt, man kenne sich dort aus und es gäbe schöne Erinnerungen. Sie erinnerte ihn an die Woche im Baur au Lac, wo sie nach ihrer Hochzeit die Flitterwochen verbracht hatten. Ihm wäre Basel lieber gewesen, aber das war Katja zu nah an der deutschen Grenze. Es gab immer wieder Gerüchte, dass die Nazis geflüchtete Deutsche aus den Grenzgebieten entführten und nach Deutschland ins Konzentrationslager verfrachteten.

Zürich also. Kaum hatte er sich an den Gedanken gewöhnt, da meldete Erika auch schon, sie habe in Küsnacht ein passendes Haus für sie gefunden. Ein wirklich eleganter Bau, direkt über dem Zürichsee, zudem möbliert und mit einem großen Garten, beinahe wie in München, mit Rosensträuchern und einem Birnbaum. Der Mietpreis sei annehmbar, und man könne das Haus für ein oder sogar zwei Jahre anmieten.

Katja war erleichtert, so eine Gelegenheit gäbe es nicht zweimal, man könne die geretteten Möbel kommen lassen, und endlich, endlich die eigenen Sachen wiederhaben. Und von Küsnacht nach Zürich sei es nur ein paar Minuten mit dem Auto, man habe dann alle Vorteile des städtischen Lebens, ohne seine Nachteile. Außerdem sei der Ort keineswegs unbekannt, auch Carl Jung wohne dort, in einer stattlichen Villa direkt am See.

Er war nicht sofort überzeugt gewesen. Tagelang zögerte er die Entscheidung hinaus. Er hatte das Hotelleben mehr als satt, aber für ein Jahr oder sogar für zwei ein Haus zu mieten, das hatte etwas Endgültiges. Man wusste schließlich nicht, ob eine Rückkehr nach München nicht doch noch möglich war, die Lage konnte sich immer noch zum Besseren wenden. Und selbst wenn nicht, sollte er dann nicht trotzdem probieren zurückzukehren? Ein dauerhaftes Fernbleiben von Deutschland, kam das nicht einem Verrat an der Heimat gleich? »Wer emigriert, spricht hohl ins Land hinein«, hatte Ossietzky gesagt, die Worte gingen ihm immer noch nach. Deutschland blieb eine große Sache, trotz allem. Während die Schweiz, ach ja, sie hatte ihre Vorzüge.

Katja verstand sein Zaudern nicht, er habe doch selbst gesagt, das Herumreisen müsse endlich ein Ende haben. Immer wieder habe er geklagt, dass das Hotelleben ihn am Arbeiten hindere, dass er endlich wieder festen Boden unter den Füßen brauche. Erika telefonierte täglich mit Katja, mahnte zur Eile, man müsse sich entscheiden, die Vermieterin werde langsam ungeduldig, sie sei schon dabei, sich nach einem anderen Mieter umzusehen.

Sie redeten ihm zu, es müsse ja nicht für immer sein, man könne das Haus ja erst einmal für ein halbes Jahr mieten, und danach könne man weitersehen. Er sträubte sich, obwohl er wusste, dass sie recht hatten, und schließlich gab er nach. Ein halbes Jahr, das war schließlich nicht die Ewigkeit. In einem halben Jahr konnte viel passieren, vielleicht kam Deutschland doch noch zur Vernunft. Er unterschrieb den Mietvertrag, und Ende September war es dann so weit. Einzug in Küsnacht.

Drei Monate später kamen die geretteten Möbel und die Kisten mit dem Hausrat. Seltsam, dieser Erguss aus der Vergangenheit. Der Münchner Schreibtisch, sein Lesefauteuil, die Empirestühle fürs Schlafzimmer, die Lübecker Schränke und das Gemälde mit den badenden Jünglingen von Ludwig von Hofmann; in den Kisten Kleider, Bettwäsche, Tafelsilber, Porzellan, das geliebte Grammophon, seine Schallplatten. Und die Bücher, wenn auch leider nur die überflüssigen, die besten waren in München zurückgeblieben. Katja räumte und ordnete und organisierte tagelang.

Er richtete sein Arbeitszimmer ein, der Mahagonischreibtisch wurde vors Fenster gerückt, der Lesesessel wurde aufgestellt, das Hofmanngemälde wurde aufgehängt, alles war beinahe wie in München.

Er packte seine vertrauten Sächlein vorsichtig aus, stellte alles wieder dahin, wo es hingehörte. Die kleine goldene Standuhr in die rechte obere Ecke des Schreibtisches, die Leselampe in die andere. Rechts und links davon die zwei vergoldeten Empirekandelaber, dazwischen die Büste des schönen Siamkriegers und die Fotos von Katja und Medi, der Kalender und die Kunsttafel mit dem Portrait von Savonarola. Als Medi noch klein war, hatte sie immer ein bisschen Angst gehabt vor dem dunklen Gesicht mit der scharfen Nase.

Auch der polierte Elefantenzahn, die große Leselupe und der vergoldete Brieföffner bekamen ihren angestammten Platz. Ebenso wie die silberne Tolstoi-Plakette, die er vor so langer Zeit von seinem Freund

Ernst Bertram zu Weihnachten bekommen hatte, und das schwarze Lackschächtelchen mit der Troika, in dem er in München seine Arbeitszigaretten aufbewahrt hatte. Zwischen all den schönen Dingen blieb gerade noch Platz für die Schreibmappe und die Schreibutensilien. Die Arbeitsfläche begrenzt und verkleinert, so mag er es.

Der Kalender stand noch auf dem 11. Februar, dem Tag der Abreise aus München. Ihm war sonderbar zumute, als er den dicken Packen der vergangenen neuneinhalb Monate umschlug. Und als er an diesem Abend zum ersten Mal wieder unter die purpurne Seidensteppdecke aus München kriechen konnte, weinte er sich in den Schlaf.

5

Er klappt das Tagebuch zu und legt es zurück in die Schublade. Er zündet sich eine kleine Zigarre an, geht vom Schreibtisch zum Fenster und wieder zurück zum Schreibtisch. Drei Jahre. Und immer noch wohnt er in dem Küsnachter Haus. Nach dem ersten halben Jahr hatten sie den Mietvertrag verlängert, erst um ein halbes Jahr, dann um noch ein Jahr und dann um noch eins. Inzwischen sieht es ganz danach aus, als würden sie hier bleiben. Das Kinderhaus ist vermietet, eine amerikanische Familie wohnt jetzt dort, in *seinem* Haus, umgeben von *seinen* Sachen. Der Gedanke daran macht ihm immer noch Herzweh.

Er hatte gehofft, nach dem Einzug in Küsnacht zur Ruhe zu kommen, aber das Geschehen in der Heimat ließ ihn nicht los. Noch mehr Notverordnungen, die Gleichschaltungsgesetze. Die Berichte vom Aufruf zum Boykott jüdischer Geschäfte, der Ausschluss der Juden aus dem Beamtentum, die Rassengesetze, der gelbe Stern. Absurd und lächerlich, auch wenn er insgeheim gedacht hat, der Ausschluss von Leuten wie Alfred Kerr, dessen dumme Nietzschevermauschelung überaus ärgerlich war, habe auch sein Gutes. Er hatte sich für diese Gedanken geschämt, aber er hat Kerr nie gemocht, der Kritiker peinigte ihn seit Jahren mit bissigen Kommentaren.

Unmännlich hatte der freche Kerl ihn genannt, vor zwanzig Jahren, nach der misslungenen Aufführung von *Fiorenza* in Berlin, das Stück sei blutleer und überflüßig. Und seitdem hat das giftige Gejökel nicht mehr aufgehört. Katja zuckt immer nur mit den Schultern, wenn Kerr wieder einmal seine Feder an ihm wetzt, er habe eben nie überwunden, dass sie ihn abgewiesen habe. Wahrscheinlich hat Katja recht, aber er kann sich nicht darüber aufregen, dass Kerr von den Nazis einen Dämpfer bekommen hat. Auch wenn das ganze Blut-und-Boden-Geschwätz einfach widerwärtig ist.

Katja hatte sich wegen ihrer Eltern gegrämt, die Deutschland nicht verlassen wollten, auch nachdem ihnen unter Berufung auf die neuen Judengesetze ihr Haus weggenommen worden war. Das muss man sich einmal vorstellen! Das Palais Pringsheim, der Mittelpunkt des künstlerischen Lebens in München. Alles, was Rang und Namen hatte, war dort ein und aus gegangen, Maler, Musiker, Dichter. Geradezu überwältigt war er gewesen bei seinem ersten Besuch, überwältigt von der Pracht und der Schönheit des Hauses.

Katjas Elternhaus hatte mehr einem königlichen Palast als einem Wohnhaus geglichen, fünfzehnhundert Quadratmeter groß, und alles prunkvoll ausgestattet. Säulengänge, vergoldete Decken, Renaissance-Salons mit gestickten Gobelins, kostbare Gemäldesammlungen und der prächtigen Musiksaal mit dem berühmten Thoma-Fries. »Schauen Sie her, mein Lieber«, hatte ihm Katjas Vater bei ihrem Rundgang durch das Haus erklärt, »alles von einem eigenen Generator mit Elektrizität versehen.« Und jetzt ist all das verloren, dem Erdboden gleichgemacht für den Neubau eines Nazitempels.

Was geht in den Menschen in der Heimat vor? Was denken und fühlen sie, wenn sie morgens in der Tram zur Arbeit fahren oder zum Einkaufen? Sieht man ihnen etwas an von den Ereignissen in ihrem Land, wenn sie im Herzogpark spazieren gehen? Er kann sich noch immer keinen Reim darauf machen. Das Bild von der Heimat wird mehr und mehr verschwommen und unscharf. Er ist ein Außenseiter geworden, ein Beobachter, der das Leben in Deutschland nur noch aus zweiter Hand kennt.

Er klopft mit der Hand auf die Arbeitsmappe, die auf dem Schreibtisch liegt. Morgen muss er endlich die Arbeit am *Joseph* wiederaufnehmen. Der Brief hat das Schreiben schon viel zu lange unterbrochen.

Wie seltsam ist es doch, dass der Lebensablauf seiner Familie, der Wohlstand des Hauses darauf beruht, dass er sich jeden Morgen für ein paar Stunden in seinem Arbeitszimmer einschließt, um Geschichten zu erfinden. Wenn Gäste ihn über seine Arbeit befragen, sagt er immer: »Wie kann man von solchen Kinkerlitzchen leben, Geschichten schreiben, das ist doch kein anständiger Beruf!« Dabei hebt er die Hände zum Himmel und zwinkert mit den Augen, es ist allen klar, dass er es nicht ernst meint.

Die holländische Zigarre schmeckt scharf und bitter, er muss wohl aufs Neue die Marke wechseln. Er legt die halbgerauchte Zigarre in den Aschenbecher und zündet sich stattdessen eine Zigarette an. Er hat immer noch keinen Zigarrenladen gefunden, der ihm seine Lieblingszigarren besorgen kann. Und die Ariston-Muratti-Zigaretten, die er diese Woche gekauft hat, sind auch nicht das Wahre. Der türkische Tabak ist zu schwer, er kann nicht mehr als ein oder zwei davon vertragen.

Medi hatte ihn einmal gefragt, was er am meisten vermisse aus München. Ihr fehlten die Semmeln, es gäbe in Zürich einfach keinen vernünftigen Bäcker. Seine Zigarren, hatte er sofort geantwortet, ja, seine Zigarren, die vermisse er am meisten. Und sein Papier. Im Sommer nach der Abreise hatte er das letzte der aus München mitgebrachten Tagebuchhefte vollgeschrieben. Die neuen Hefte sind etwas größer, auch der Einband ist anders, er hat sich noch immer nicht daran gewöhnt. Auch das Manuskriptpapier ist nicht von der gleichen Qualität wie das aus München. Wenn er den Füller zu fest aufsetzt oder beim Weiterschreiben zögert, läuft die Tinte auf dem Papier aus und macht unschöne Flecken.

So vieles, an das man sich gewöhnen muss! Ein neuer Schneider, ein neuer Friseur, ein neuer Zahnarzt. Der erste Schweizer Friseur hatte ihm das Haar zu kurz geschnitten, der zweite hatte ihm mit einem scharfen Haarwasser die Kopfhaut ruiniert. Eine Woche lang war die Haut entzündet gewesen, der ganze Schädel hatte geschmerzt. Erst beim dritten Versuch hatte er einen Friseur gefunden, der nicht alles falsch machte. Ein hübscher Bursche mit gewelltem Haar und kleinen braunen Knopfaugen, der wenig sprach und sich verbeugte, wenn er das Trinkgeld in Empfang nahm.

Noch schlimmer waren die Erfahrungen mit dem neuen Zahnarzt gewesen, aber das hatte er sich selbst zuzuschreiben. Der Münchner Zahnarzt hatte ihn schon vor Jahren gedrängt, die obere Brücke erneuern zu lassen. Sie saß nicht mehr richtig, das Kauen bereitete Schwierigkeiten. Im Winter vor der Arosareise hatten sie das Ganze dann endlich ausführlich besprochen und geplant, der erste Termin wäre im März gewesen, aber da war er schon nicht mehr in Deutschland.

In Küsnacht hatte er den Zahnarztbesuch dann nicht gleich in Angriff nehmen wollen, er hatte Angst, das schwierige Unterfangen einem unbekannten Zahnarzt anzuvertrauen. Die Kaubeschwerden waren immer schlimmer geworden, bis er kein Fleisch und kein hartes Brot mehr essen konnte. Schließlich hatte Katja genug gehabt von seinen Klagen und ihn zu ihrem Zahnarzt in Zürich geschickt.

Der Mann war liebenswürdig und schien sein Handwerk zu verstehen, aber die Behandlung war eine Quälerei gewesen. Unter der lose sitzenden Brücke hattte sich ein eitriger Abszess gebildet, der Zahnarzt musste die Geschwulst öffnen, bevor er den Abdruck für die neue Brücke machen konnte. Er hatte während der Behandlung ein paarmal befürchtet, er würde ohnmächtig; es hatte Wochen gedauert, bis das Zahnfleisch abgeheilt war und die neue Brücke gut saß.

Er lehnt sich im Stuhl zurück und zieht vorsichtig an der Zigarette. Wenn er nicht so tief inhaliert, ist der türkische Tabak eigentlich ganz erträglich. Alles in allem darf er sich sowieso nicht beklagen. Er ist gesund, er hat ein Dach über dem Kopf, er arbeitet.

Letzten Juni hat er seinen sechzigsten Geburtstag gefeiert, den ersten runden außerhalb Deutschlands. Kein Bankett im Rathaus wie bei seinem fünfzigsten, aber die Buchhändler in Zürich hatten ihre Schaufenster festlich dekoriert, seine Bücher waren prominent ausgestellt, dazu Fotos von ihm, das hatte ihn denn doch gefreut.

Wenn er Besuch aus Deutschland bekommt, merkt er jedes Mal, dass die Besucher erstaunt sind, wie gut es ihm in der Schweiz geht. Sie loben das schöne Haus, den Garten, machen ihm Komplimente über sein gesundes Aussehen. Offensichtlich haben sie sich sein Leben viel emigrantenhafter und armseliger vorgestellt. In der Heimat werden wahrscheinlich Schauermärchen über seinen Absturz verbreitet. Es freut ihn immer wieder, dass die Besucher ihre Eindrücke mitnehmen und in Deutschland möglicherweise weitererzählen würden. Das Berliner Lumpenpack soll nicht glauben, dass er in der Schweiz verkümmert.

Und er kann wieder reisen, sein Pass ist nach viel Hin und Her schließlich doch verlängert worden. Immer wieder Einladungen zu Vorträgen und Leseabenden. Nicht in Deutschland natürlich, aber in Budapest und Prag und Wien. Sogar in New York ist er gewesen. Und in Venedig.

Wochenlang hatte er sich auf diese Reise gefreut, auf das Wiedersehen mit der geliebten Stadt. Venedig war ihm gleich bei seinem ersten Aufenthalt vertraut gewesen. Das Hotel des Bains, der Lido, die vielen schönen Promenaden. Die Stadt sei eine ins Morgenland verzauberte Heimat, hatte er damals im Tagebuch notiert.

Der Kongress, zu dem er eingeladen war, hatte sich dann jedoch als grandioser Misserfolg erwiesen. Die endlosen Beratungen waren langweilig, die sengende Hitze machte ihm den Aufenthalt zur Last. Außerdem wurde er, obwohl er damit gerechnet hatte, nicht um einen Redebeitrag gebeten. Als dann Ende Juli die Schreckensmeldung von der Ermordung von Dollfuß kam, brach er den Aufenthalt vorzeitig ab.

Es war, als ob das Misslingen der Venedigreise ein Vorbote gewesen war für neue Schrecklichkeiten. Kaum war er wieder in Küsnacht, meldeten die Zeitungen den Tod Hindenburgs und die Ernennung Hitlers zum Reichspräsidenten. Kanzler und Präsident zugleich, nun konnte niemand mehr dem Schurken etwas anhaben. Das Volk ließ sich in Massenvereidigungen auf absolute Hitlergefolgschaft einschwören, und der *Völkische Beobachter* bejubelte das widerliche Schauspiel als ein Ereignis von welthistorischem Ausmaß.

Wo soll diese ständige Überfütterung mit bombastischer Geschichtsvortäuschung bloß hinführen? Es ist nichts als Schwindel und Theater. Er drückt die Zigarette aus und betrachtet seine Hände. Sie sind schmal und gepflegt, er geht regelmäßig zur Maniküre, aber wer genau hinsieht, kann auf dem Handrücken die kleinen braunen Altersflecken erkennen.

Drei Jahre sind eine lange Zeit. Die Ereignisse in Deutschland sind zwar immer noch allgegenwärtig, aber nicht mehr allesbeherrschend. Der Schmerz ist nicht mehr scharf und frisch, sondern bleiern und dumpf, eine Art chronische Seelenhautentzündung.

Der Wohnort nahe Zürich ist eine gute Entscheidung gewesen. Die Atmosphäre der Stadt gleicht der von München. Das Gesetzte und Gediegene, die zurückhaltende Eleganz. Überhaupt ist sein Leben dem früheren in Deutschland ganz ähnlich. Er arbeitet, geht spazieren, empfängt Besucher, geht mit Katja ins Kino, ins Theater oder in die Oper. Alles ist beinahe wie zu Hause. Aber eben nur beinahe. Wie das Papier, das er hier kauft.

Er steht auf, es ist spät geworden, schon weit nach Mitternacht. Er löscht das Licht und schließt die Tür hinter sich. Langsam geht er an Toby vorbei die Treppe hinauf in sein Schlafzimmer.

Freitagnacht
Intermezzo, con brio

1

Er wacht auf, schreckensstarr und schweißgebadet, sein Herz rast. Um ihn herum ist es dunkel, er schließt die Augen und öffnet sie wieder. Er kann nichts sehen, einige Sekunden lang ist er völlig blind. Dann erkennt er die Umrisse des Fensters und weiß, wo er ist. Küsnacht. In seinem Schlafzimmer. Er spürt das weiche Laken, die Steppdecke. Alles ist gut, es war nur ein Traum. Einatmen, ausatmen. Einatmen, ausatmen. Das Herzrasen lässt nach.

Er knipst die Bettlampe an, sieht auf die Nachttischuhr, es ist halb zwei. Er versucht, sich aufzusetzen, es kostet Mühe, er zittert, und seine Muskeln wollen ihm nicht recht gehorchen. Er fährt sich mit dem Handrücken über die Augen, als wolle er die Bilder des Traumes wegreiben. Seit beinahe drei Jahren schon, immer und immer wieder der gleiche Höllentraum.

Eine Abendgesellschaft, ein hellerleuchteter Ballsaal, festlich geschmückt, Kronleuchter und Kerzen, ein Orchester spielt zum Tanz. Herren im Frack und Damen in kostbaren Abendkleidern und mit juwelengeschmücktem Haar, sie trinken Champagner und lachen. Sie stehen um einen großen, weißgedeckten Tisch herum. In der Mitte des Tisches liegt etwas. Er kann es nicht gut sehen, aber er weiß, es ist sein Tagebuch.

Eine Frauengestalt in einem langen griechischen Gewand tritt aus der Menge hervor, sie hat eine Leier in der Hand und singt. Er kann ihr Gesicht nicht erkennen, er muss sich anstrengen, er weiß nicht warum, aber es ist wichtig, dass er ihr Gesicht sieht, aber es gelingt ihm nicht. Die Menge lacht. Die Frauenfigur verwandelt sich in ein Skelett, die Knochen scheinen durch das Gewand, das Gesicht ist ein Totenkopf. Das Lachen wird immer lauter, die Menge drängt sich um ihn herum, sie stoßen ihn hin und her, rufen seinen Namen. Sie schimpfen ihn einen Betrüger, einen Scharlatan und Schlimmeres noch, er hört das Hohngelächter, schaurig und hohl hallt es durch den großen Saal.

Er steht auf und öffnet das Fenster. Von der Straße herauf hört er das Summen der nächtlichen Reinigungswagen. Man ist sauber und ordentlich in der Schweiz. Sein Atem ist zu sehen, so kalt ist es, aber er bleibt unbeweglich stehen, bis er vor Kälte zittert. Dann erst schließt er das Fenster und zieht den Schlafrock an.

Natürlich ist es seine eigene Schuld. Er hatte diesen Heften wirklich *alles* anvertraut. All die intimen und verborgenen Dinge, die er selbst Katja nicht erzählt. In den Tagebüchern wenigstens gibt es keine Geheimnisse, er schreibt auf, was er niemandem sagen kann.

Kostbare Erinnerungen. Badende junge Männer in Venedig, schlank und gebräunt, und junge Burschen auf dem Feld, während der Ferien in Nidden, die nackten Oberkörper glänzend vom Schweiß. Ein junger Kellner in Wien, mit braunen Augen und gewelltem Haar. Und Klaus Heuser, der Sohn des Düsseldorfer Kunstprofessors, damals auf Sylt.

Kaum mehr als ein Jüngling, mit Medi auf seinen Schultern lief er ins Meer, seine blonden Locken zerzaust vom Wind. Medi jauchzte und warf die Arme in die Luft. Klaus, nach dem Baden auf einem Handtuch sitzend, ganz nah, er rieb sich das Haar trocken, kleine Tropfen spritzten nach allen Seiten davon. Wie schön der Junge war! Er konnte die Augen nicht von ihm abwenden.

Was er denn später einmal werden wolle, hatte er ihn gefragt. Er wisse es noch nicht genau, war die Antwort gewesen, Kaufmann vielleicht, er wolle reisen, die Welt sehen.

Viel zu schnell vergingen die Ferientage. Er konnte den Jungen noch nicht gehen lassen, der Gedanke, ihn nie mehr wiederzusehen, war unerträglich. Seine Vorsicht in den Wind schlagend, lud er ihn zu einem Besuch in München ein. Und Klaus nahm die Einladung an.

Eine Woche war der junge Mann bei ihnen geblieben, sie waren nicht oft alleine, aber manchmal saßen sie zu zweit im Arbeitszimmer oder gingen zusammen spazieren. Dann der Kuss zum Abschied, der erste und einzige. Klaus' Tränen, seine Stimme, ganz weich und halb erstickt, er werde ihn sehr vermissen.

All das und mehr hatte er ins Tagebuch geschrieben. Kein Lebensbau ohne Blaubartzimmer. Das Sinnliche verbergen, sich eine Verfassung geben, das selbstgewählte Korsettt seines Lebens. Und plötzlich war das alles in Frage gestellt worden.

Er hatte die Hefte in einem Schließschrank im Münchner Arbeitszimmer bewahrt, der Schrank war immer abgeschlossen, und den Schlüssel trug er bei sich, aber er nahm die Hefte nie mit, wenn er auf Reisen ging. Auch nicht auf die Reise nach Arosa vor drei Jahren. Warum sollte er auch?

Krank vor Sorgen war er nach der Hausdurchsuchung. Die SA würde bestimmt wiederkommen, und beim zweiten Mal würden sie gründlicher sein. Sie würden die Hefte finden und nach Berlin schicken. Und damit nicht genug, man würde sie veröffentlichen, ganz gewiss. Voll Schadenfreude würde man seine geheimsten Gefühle und Gedanken ins Rampenlicht zerren. Wie würden sich diese elenden Hunde freuen über den Skandal seiner Bekenntnisse! Sein Name, sein Ansehen, beschmutzt und besudelt, sein Leben ruiniert für immer. Zum ersten Mal, seit er aus Deutschland weg war, hatte er wirkliche Angst.

Er hatte mit sich gehadert, warum hatte er die Tagebücher nicht allesamt schon vor Jahren verbrannt? Wie dumm und sorglos von ihm! Er wusste sich keinen Rat, sah keinen Ausweg. Nächtelang lag er wach, jeden

Morgen erwartete er, dass das Undenkbare geschehen würde. Katja merkte, dass er nicht mehr schlief, kaum noch etwas aß. Sie wollte wissen, warum er sich solche Sorgen machte. Die Tagebücher, sagte er. Furchtbares, ja Tödliches könne geschehen, wenn man sie finden würde. Sie sah ihn nur an, fragte nicht, was denn genau in den Heften stehe.

Woche um Woche verging, es passierte nichts, aber seine Angst wurde immer größer. Er musste die Hefte zurückbekommen, koste es, was es wolle. Aber wie sollte er das bewerkstelligen? Er konnte selbst unmöglich zurück. Dann, nach Wochen des Zagens, der Verzweiflung nahe, fasste er sich ein Herz und beauftragte Golo, die Tagebücher aus dem Münchner Haus zu holen und in die Schweiz zu befördern. »Ich rechne auf Deine Diskretion«, so schrieb er dem Sohn, als er ihm den Schlüssel zum Schrank sandte, »dass Du diese Hefte nicht liest.«

Welch ein glücklicher Zufall, dass es gerade Golo war, der noch in München war. Golo würde sich an seine Weisung halten, dessen war er sich sicher. Er war ein wenig langweilig, der mittlere Sohn, stach nicht heraus, wie Klaus und Erika, aber er war verlässlich und ehrlich, und er würde es nicht wagen, den Vater zu hintergehen.

Er schickte den Brief ab, eine weitere Woche verging, dann meldete Golo ihm telefonisch, dass er die Tagebücher aus dem Schrank geholt und diese in einem Handkoffer zur Bahn gebracht habe. Er glaubte, aufatmen zu können, aber die Sorge um die vermaledeiten Hefte war noch nicht zu Ende. Denn der Handkoffer kam und kam nicht. Wochenlang wartete er, und wieder war er außer sich vor Sorge. Er war sich sicher, dass man den Koffer beschlagnahmt hatte, wähnte die Hefte schon in den Händen der Politischen Polizei und auf dem Weg nach Berlin.

Dann, im Mai, mehr als einen Monat nach Golos Anruf aus München, tauchte der Koffer dann doch noch auf. Eines Morgens stand er plötzich in ihrem Hotelzimmer in Lugano. Ihm blieb fast das Herz stehen, als er sah, dass das Schloss beschädigt war. Seine Knie gaben nach, er hatte kaum die Kraft, den Koffer zu öffnen. Aber es fehlte nichts, alle Tagebuchhefte waren da, durcheinander und in Unordnung zwar, aber unbeschädigt und vollständig. Er konnte sein Glück nicht fassen, er war noch einmal davongekommen.

Später erfuhr er, dass Hans, der Münchner Chauffeur – elender, niederträchtiger Denunziant! –, Golo beobachtet hatte, wie dieser sich mit dem Koffer auf den Weg zur Bahn gemacht hatte. Hans war sofort zum Braunen Haus gegangen und hatte ihn angezeigt. Weiß der Himmel, was der Kerl den Nazis über den Koffer erzählt hatte, wahrscheinlich dachte Hans, Golo wolle Wertsachen aus Deutschand herausschaffen. Die Polizei in Lindau hatte den Koffer dann beschlagnahmt und durchwühlt, aber sie hatten die Hefte wahrscheinlich für Manuskripte oder Romannotizen gehalten.

Er setzt sich im Schlafrock aufs Bett, steht wieder auf. Er nimmt eine rote Kapsel, wartet ein paar Minuten. Aber die Tablette bleibt ohne Wirkung. Er ist immer noch hellwach. Eine zweite will er nicht nehmen, er hat das einmal probiert, und es war ihm nicht gut bekommen. Er ist so nervös, dass er nicht stillsitzen kann. Sein Kopf ist ganz heiß, der Magen ist wieder in Aufruhr. Vielleicht würde ein Kamillentee helfen?

Er steht auf und geht hinüber in Katjas Zimmer. Er tastet sich im Dunkeln zu ihrem Bett, schaltet die Nachttischlampe an. Katja schläft tief und fest, er muss ein paarmal ihren Namen rufen, sie an der Schulter schütteln, bis sie aufwacht. Katja reibt sich die Augen.

»Du siehst ja furchtbar aus«, murmelt sie. Ihre Stimme ist noch tiefer als sonst, schwer und schlaftrunken. Sie setzt sich auf. »Was ist denn los? Hast du wieder von den dummen Tagebüchern geträumt?«

Er nickt. Er will etwas sagen, aber er bringt kein Wort hervor. Katja schüttelt den Kopf und gähnt.

»Soll ich dir einen Kamillentee machen?«, fragt sie.

Er nickt erneut. Katja steht auf und zieht ihre Hausschuhe an. Er bleibt auf ihrem Bett sitzen, während sie hinunter in die Küche geht.

.

2

Er geht in seinem Schlafzimmer auf und ab. Der Kamillentee hat ihn etwas beruhigt, aber müde ist er immer noch nicht. Ins Bett gehen hat keinen Sinn, er würde doch nicht einschlafen können. Er setzt sich in den Sessel am Fenster, massiert die schmerzenden Beine.

Was ist bloß los mit ihm? Der Traum war schrecklich, ja, und es ist auch nicht das erste Mal, dass er danach Mühe hat, wieder einzuschlafen. Aber diese Unruhe in den Beinen, das Ziehen im Magen, der heiße Kopf, das kommt nicht nur durch den Alptraum.

Er schüttelt den Kopf. Warum sich etwas vormachen? Es ist der Brief, der ihm im Magen liegt und ihn nicht schlafen lässt. Es ist dumm und unüberlegt von ihm gewesen, sich so mitreißen zu lassen. Erikas Drohungen, Korrodis Herausforderung, er hat sich von ihnen überrumpeln lassen. Aber die Folgen des Briefes muss *er* tragen, er allein.

Was kümmert ihn auch die Politik? Wenn er sich hätte einmischen wollen ins Weltgeschehen, hätte er das Politikum geschrieben, wie er's vor zwei Jahren geplant hatte.

Wochenlang hatte er sich Notizen gemacht, Material gesammelt, Exzerpte geschrieben. Und alles mitgenommen nach Amerika, genug Arbeit für die lange Überfahrt und den Aufenthalt. Stattdessen war's eine *Meerfahrt mit Don Quijote* geworden. Ein hübscher kleiner Essay, leicht und humorvoll. Das liegt ihm besser, es ist nicht seine Art, sich im Hass zu verzehren.

Und außerdem, hat Deutschland nicht immer wieder die schwersten Krisen überstanden? Der Große Krieg, die Revolution, das waren auch üble Zeiten, und doch ist Deutschland nicht untergegangen. Die Heimat würde sicherlich auch diese neue Krise überwinden, es ist nur eine Frage der Zeit. In der Zwischenzeit muss er ausharren, abwarten und es aushalten.

Seine Gedanken drehen sich im Kreise, die Tagebücher, der Brief, Deutschland. Wie soll er bloß Ordnung bringen in dieses Chaos? Er zieht den Schlafrock aus und legt sich ins Bett, die Unruhe in den Beinen hat endlich etwas nachgelassen.

Nein, er kann, er darf sich nicht von Deutschland trennen. Er muss einen anderen Weg finden. Er hat sich zu schnell auf den Brief eingelassen, es steht zu viel auf dem Spiel für eine übereilte Entscheidung. Er muss sich mehr Zeit gönnen, alles noch einmal in Ruhe überdenken. Noch ist der Brief ja nicht erschienen.

Gleich in der Früh wird er Korrodi anrufen und ihn um Bedenkzeit bitten. Er löscht das Licht. Ja, das wird er tun. Mit diesem beruhigenden Gedanken schläft er endlich wieder ein.

Samstag, 1. Februar 1936
Andante

Morgens

› 1 ‹

Vorsichtig trägt er das Tablett die Treppe hinauf. Die Teetasse ist zu voll, er muss aufpassen, dass er nichts verschüttet. Katja würde ihn bestimmt auslachen, wenn er ihr den Tee mit einem Fußbad auf der Untertasse serviert. Die Stufen sind glatt, die Zugehfrau hat gestern gebohnert. Auf der vorletzten Stufe bleibt er mit dem Fuß am Treppenabsatz hängen, er strauchelt, kann sich gerade noch fangen. Der Tee schwappt gefährlich hin und her.

Er hofft, dass Katja nicht ernstlich krank werden wird. Sie fühle sich nicht wohl, hat sie zu Martha gesagt, sie bleibe heute Morgen im Bett. Wenn Katja krank ist, gerät immer sofort der ganze Haushalt aus den Fugen. Nichts wird erledigt, überall Unordnung, Katja lacht ihn aus, wenn er sich beschwert, er streitet sich mit der Zugehfrau und mit Martha, die seine Wünsche nicht ernst nimmt und ihm Sachen kocht, die er nicht mag.

Die Tür zu Katjas Schlafzimmer ist nur angelehnt. Er ruft ihren Namen, aber es kommt keine Antwort. Er gibt der Tür mit dem linken Ellenbogen einen kleinen

Schubs, stellt das Tablett auf den Nachttisch und setzt sich vorsichtig auf den Bettrand. Katja hat die Augen geschlossen, sie murmelt im Halbschlaf unverständliche Dinge. Er fühlt mit dem Handrücken ihre Stirn. Die Haut ist klamm, sie hat wohl leichtes Fieber. Er streicht ihr die verschwitzten Haare aus dem Gesicht. Sie sieht erschöpft aus und klein in dem großen Bett.

Gleich als er sie zum ersten Mal aus der Nähe gesehen hatte, in der Trambahn in München, wusste er: »Diese oder keine.« Er hatte sie sofort erkannt, die Tochter von Professor Pringsheim. Sie stand an der Straßenbahntür und stritt sich mit dem Schaffner, der ihr Billett kontrollieren wollte. Sie habe es schon weggeworfen, entgegnete sie, sie wolle hier aussteigen. Der Schaffner hielt sie am Ärmel fest, das ginge nicht an, sie müsse ihm erst das Billett zeigen. Sie machte sich zornig aus seinem Griff los – »Lassen Sie mich doch schon in Ruhe, Sie Flegel!« – und sprang aus der Tram.

Er hatte ihr hinterhergesehen, wie sie eilig davonlief, das Gesicht noch gerötet vor Zorn. Ihm gefiel ihre ungestüme, etwas burschikose Art. Sie war hübsch, aber nicht mädchenhaft, mit dunklen Locken und einem energischen Kinn. Von diesem Tag an hatte er mit verbissener Entschlossenheit um sie geworben. Die Entscheidung, Katja zu heiraten, war vom ersten Tag an klar und deutlich und zweifelsfrei gewesen.

Katja hatte seine Bemühungen zu Anfang nicht ernst genommen, sie machte sich über ihn lustig, nannte ihn den leberleidenen Rittmeister, wegen seiner Blässe, dem streng gezwirbelten, schwarzen Schnurrbart und seinem steifen Auftreten. Katjas Zwillingsbruder mochte ihn, das half. Nach Monaten des Werbens, beharrlich war er und unerschütterlich in seinem Vorhaben, gab Katja schließlich nach. »Wenn er's so wahnsinnig gern will, dann tue ich's halt«, hatte sie zu ihren verblüfften Eltern gesagt.

Sie öffnet die Augen.

»Ach Rehlein, jetzt schau doch nicht so besorgt drein!«, sagt sie, »Es ist nichts, wirklich, kein Grund zur Aufregung. Eine läppische Erkältung, heute Mittag bin ich wieder auf den Beinen.«

Sie setzt sich im Bett auf und lächelt ihn an.

»Hast du noch ein bisschen geschlafen heut Nacht?«, fragt sie, »du siehst müde aus.«

Er schweigt einen Augenblick und sagt dann: »Ich werde Korrodi anrufen, ich werde ihm sagen, dass er warten muss mit der Veröffentlichung. Jedenfalls vorläufig, ich will alles noch einmal überdenken.«

Katja nippt an ihrem Tee. »Sind die Kleinen schon weg?«, fragt sie.

Er nickt. »Sie sind gleich nach dem Frühstück los. Erika holt sie in Basel vom Bahnhof ab.«

Katja sieht ihn an und legt ihm die Hand auf den Arm. »Ich weiß nicht, Tommie«, sagt sie, »vielleicht solltest du dir das mit dem Anruf noch mal überlegen. Du hast schlecht geschlafen, du bist übermüdet, das ist kein guter Gemütszustand für Entscheidungen.«

Er antwortet nicht.

»Lass es dir durch den Kopf gehen. Der Anruf hat doch keine Eile, oder?«

Er schüttelt den Kopf und zieht die Uhr aus der Westentasche. Er hat die Uhr letzte Woche im Badezimmer fallen gelassen, seitdem hat der Deckel eine unschöne Delle. Er reibt mit dem Zeigefinger über die eingedrückte Stelle. Er will die ganze Angelegenheit hinter sich bringen. Er will, dass alles vorbei ist.

»Schlaf noch ein bisschen«, sagt er, »wir unterhalten uns später darüber.«

Katja nickt und stellt die Teetasse auf den Nachttisch. Er bleibt an ihrem Bett sitzen, bis sie wieder eingeschlafen ist, und verlässt dann auf Zehenspitzen das Zimmer.

Er ist müde von der halbdurchwachten Nacht, ihm ist kalt, und er hat Kopfschmerzen. Vielleicht hat er sich bei Katja angesteckt? Er fühlt mit der Hand seine Stirn, nein, er hat kein Fieber, er ist wahrscheinlich nur übermüdet.

Er geht die Treppe hinunter, sieht erneut auf die Uhr. Es ist bereits halb zehn, er muss sich endlich an die Arbeit machen. Wie gerne würde er stattdessen zurückgehen ins Bett! Ein wunderbarer Gedanke, die Vorhänge zuziehen, unter die warme Steppdecke kriechen und sich den Rest des Tages vergraben unter den dicken Daunen.

»Schluss mit den Ausflüchten!«, sagt er laut und geht rasch durch die Halle zum Arbeitszimmer.

› 2 ‹

Er tastet nach dem Lichtschalter neben der Tür und knipst das Licht an. Der Anblick des Schreibtisches macht ihm schlechte Laune. Er bleibt vor dem Tisch stehen, nimmt das Zigarettenetui aus der Jackentasche und zündet eine Zigarette an. Erika hat das silberne Etui mit dem blumenverzierten Deckel in München für ihn gekauft, ein Geschenk zu seinem fünfzigsten Geburtstag. Auf der Rückseite war das Datum eingraviert, 6. Juni 1925, es scheint eine Ewigkeit her zu sein.

Langsam bläst er den Rauch aus, macht kleine runde Rauchwolken, die durch die Luft tanzen und sich dann auflösen. Als die Kinder noch klein waren, hatte er sie oft entzückt mit den kunstvollen Rauchgebilden. Vor allem Medi konnte nicht genug davon kriegen. Sie klatschte in die Hände und rief: »Noch eins, noch eins!«, während sie probierte, die Wölkchen mit den Händen einzufangen.

Er geht zum Fenster und schiebt die Vorhänge zur Seite. Ein milchig-verhangener Tag. Es nieselt noch immer, und der Nebel ist so dicht, dass er den See nicht sehen kann. Er öffnet das Fenster, schnippt die Zigarettenasche in den Blumentopf vor dem Fenster. Der Garten ist völlig verwildert, der Efeu wächst ungehindert am Haus empor. Die Kirschbäume und die Rosensträucher müssen dringend gestutzt werden, auf den verwaisten Blumenbeeten wuchert das Unkraut, und einige der Steinplatten auf der Veranda haben Risse. Die Vermieterin kümmert sich wirklich um nichts.

Er wendet das Gesicht ab und schließt das Fenster. Er mag dieses Haus nicht, wird es nie mögen. Er hätte sich damals doch nach einem geeigneten Bauplatz umsehen sollen. Ein gemietetes Haus ist einfach nicht das Richtige, er will wieder ein eigenes Haus, nach seinen Wünschen gebaut, wie das in München.

Vielleicht ist es vernünftiger, auf Katja zu hören und noch etwas mit dem Anruf zu warten. Es hat ja wirklich keine Eile. Samstagmorgen vor zehn ist ohnehin keine gute Zeit, Korrodi sitzt bestimmt beim Frühstück. Oder schläft vielleicht sogar noch. So ein verstauchter Knöchel ist eine schmerzhafte Sache, Korrodi wird sich ausruhen wollen.

Zudem ist es besser, sich zu überlegen, was er sagen will. Soll er den Brief gleich zurückziehen oder nur um Aufschub bitten? Und welche Begründung soll er geben?

Er nimmt den Aschenbecher vom Schreibtisch und drückt die Zigarette aus. Es ist alles so ungerecht und willkürlich. Er hat nicht einmal Abschied nehmen können von der Heimat. Das ist etwas anderes als bei Menschen, die ihr Zuhause freiwillig verlassen, ohne

Not, ohne Zwang, aus reiner Abenteuerlust. Oder um zu heiraten. So wie Mama, zum Beispiel. Sie fand in Lübeck eine neue Heimat, aber war sie dort jemals wirklich heimisch geworden? Sie erzählte oft vom Land ihrer Kindheit, sie beschrieb die leuchtenden Farben, das Meer, die Sonne, sie hatte Heimweh, sehnte sich nach der Wärme des Südens.

Was bedeutet das überhaupt, ein Zuhause? Ein Land, ein Ort, eine Erinnerung? Venedig ist ihm immer wie ein Zuhause erschienen, obwohl er nie in der Stadt gelebt hat. Und in Amerika hatte er sich zu Hause gefühlt, obwohl das Land so fremd und neu war.

Vorletzten Sommer war er zum ersten Mal dort gewesen. Er hatte Lampenfieber gehabt, die lange Reise, das unbekannte Land, die Sprache. Und die Überfahrt war eine merkwürdige Erfahrung gewesen. Beinahe zwei Wochen auf dem riesigen Schiff, einem behäbigen Holländer. Das Gefühl des Eingeschlossenseins, trotz der Weite des Ozeans. Er war nicht seekrank geworden, aber er hat einige Tage gebraucht, bis er sich an den Gedanken gewöhnen konnte, dass er keinen festen Boden unter den Füßen hatte.

Am dritten Tag auf hoher See hatte es eine Übung für den Notfall gegeben. Frühmorgens, noch vor dem Frühstück, mussten sie aufs Promenadendeck, wo die Besatzung auf sie wartete. Der Chefsteward trug einen rotbetressten Rock, die Rockschöße waren ein bisschen zu lang. Es war kalt und windig, er stand zusammen mit dem kleinen Häufchen Passagiere frierend an den Bootsplätzen. Katja war in der Kabine geblieben, sie war seekrank und konnte nicht aufstehen.

Der Chefsteward stellte sich breitbeinig vor die Matrosen und winkte die Passagiere näher heran. Wenn es zum Notfall käme, müssten sie unbedingt ihre Schiffskarten bereithalten, erklärte er mit gewichtiger Miene, denn die Bootsplätze seien alle nummeriert, und wer keine Schiffskarte habe, dürfe nicht ins Rettungsboot.

»Auch im Ernstfall muss schließlich alles seine Ordnung haben«, sagte er mit seinem drolligen niederländisch-deutschen Akzent, rückte seine Mütze zurecht und wies nach oben, auf das Deck über ihnen.

»Sehen Sie, meine Herrschaften«, sagte er, »Ihr Rettungsboot, da hängt es, wenn wir das Schiff verlassen müssen, kommt es vom Oberdeck herunter, alle steigen ein, dann geht's aufs Wasser und dann ...«, der Chefsteward machte eine kunstvolle Pause und breitete die Arme aus, »und dann bring ich Sie nach Haus!« Er strahlte über das ganze Gesicht. Die Matrosen nickten und lächelten.

Die Passagiere schauten auf das Rettungsboot, dann aufs Wasser, die Wellen schlugen hoch gegen das Schiff, zwei ältere Damen sahen besorgt drein, sie wiegten bedenklich die Köpfe, das Rettungsboot schien klein und zerbrechlich, würde es den gewaltigen Wassermassen standhalten? Ein dicklicher Mann mit einem runden Hut, der trotz der Kälte Schweißperlen auf der Stirn hatte, fuchtelte mit den Armen in der Luft und stellte Fragen über die Schwimmwesten. Die Matrosen sahen gelangweilt drein, einer von ihnen, ein großer, schlaksiger, trat ungeduldig von einem Fuß auf den anderen.

Der Chefsteward rückte erneut seine Mütze zurecht, erklärte geduldig den Gebrauch der Westen und die Seetüchtigkeit des Rettungsboots. Der dickliche Mann wischte sich den Schweiß von der Stirn und nickte bedächtig, er schien zufrieden mit den Antworten. Die beiden älteren Damen lächelten. Der Chefsteward klatschte in die Hände, wie ein Lehrer, der seine Schüler zur Ordnung ruft. Die Übung sei beendet, sagte er, er wünsche allen Passagieren noch einen schönen Tag.

Der muntere Ton des Chefstewards hatte die Passagiere offenbar beruhigt, sie gingen nach der Übung zurück in den Speisesaal, aßen ihr Frühstück und unterhielten sich über alltägliche Dinge. Das amerikanische Ehepaar an seinem Tisch bestellte Tomatensaft und eisgekühlte Grapefruit.

Er saß schweigend neben ihnen, die Schale mit *oatmeal* unangerührt vor sich. Das unbestimmte, verheißungsvolle »ich bringe Sie nach Hause« ging ihm nach. Wie seltsam muteten diese Worte an, »nach Hause«. Es klang, als sollten alle geretteten Passagiere dem Chefsteward einfach ihre Adresse geben, und dann würde er sie höchstpersönlich dort abliefern. Aber welche Adresse sollte er angeben, wohin sollte das Rettungsboot ihn bringen? Nach Küsnacht, in dieses Haus? Nein, lieber nicht. Ein Heim ist noch keine Heimat und ein Haus noch kein Zuhause.

Genug davon, genug! Er muss jetzt wirklich anfangen zu arbeiten. Er setzt sich an den Schreibtisch, öffnet die Arbeitsmappe. Er sollte heute doch wenigstens die Kapitelüberschriften und die Einteilung in Ordnung bringen.

Beinahe neun Jahre ist es her, dass er die ersten Worte des *Joseph* geschrieben hat. Die *Josephs*-Geschichte, das große Projekt, in genauer Analogie angelehnt an Wagners *Ring*. Man kann nur hoffen, dass Gesundheit und Arbeitseifer ausreichen würden, das Werk zu vollenden. Wenn er dieses Jahr den dritten Band des *Joseph* beenden und auch die geplante Goethenovelle auf den Weg bringen könnte, dann wäre er zufrieden.

Neun Jahre, fast ein Jahrzehnt. Wenn er die Vorbereitungszeit mitrechnet, sogar mehr als ein Jahrzehnt. In welch anderer Zeit hat er damals gelebt!

Die biblische *Josephs*-Geschichte war nur kurz, »anmutig« hatte Goethe sie genannt. Er hatte sich berufen gefühlt, sie ins Einzelne auszumalen, und das erforderte eine gründliche Vorbereitung. Er bereitet seine Bücher immer sehr gewissenhaft vor, die Vorbereitungen waren ebenso wichtig wie das Schreiben selbst, vielleicht sogar noch wichtiger, denn nur das Gründliche kann wahrhaft unterhaltend sein.

Mit wie viel Vergnügen hatte er Jeremias' Buch über das Alte Testament und den Orient gelesen! Wieder und wieder hatte er das Buch zur Hand genommen, er tauchte ein in das ferne, längst versunkene Reich, wie in einen tiefen, unergründlichen Brunnen. Zahllose andere Bücher folgten, über das alte Ägypten und Tutanchamon, über die Urwelt des alten Israel, über Babylon und die Assyrer. Monatelang hatte er nichts anderes gelesen. Er schrieb unzählige Notizblätter voll, legte Listen an mit den Namen aus dem alten Reich und zeichnete den Stammbaum Jaakobs.

Dann die Reise nach Ägypten, zum ersten Mal konnte er die Schätze des Orients mit eigenen Augen sehen. Von Port Said ging's hinunter nach Kairo, dann die Fahrt über den Nil nach Assuan und Nubien, es war wie ein Traum, so viel Schönes und Wunderbares, das Morgenland hatte ihn bezaubert, es war wahrhaftig *sein* Land geworden.

Drei Monate war er durch Ägypten gereist, voll guten Mutes trotz der Widrigkeiten, der Ungeziefer, der fast unerträglichen Hitze, der unvollkomenen Ernährung. Er besuchte die Pyramiden in Gizeh und die Tempel von Luxor, das Museum in Kairo mit seinen unvorstellbaren Schätzen, voll Ehrfurcht lief er durch die Widderstraße in Karnak, besichtigte die Königsgräber in Theben und die Wandmalereien in den Grabgruften. Er konnte sich nicht sattsehen, wie wunderbar das alles war, wie eindrucksvoll diese alte Welt!

Er war kein gewöhnlicher Reisender, der die Stätten besichtigte und danach wieder hinter sich ließ, so dass sie zu Hause kaum mehr waren als verblassende Erinnerungen. Nein, er nahm das Gesehene mit nach

Hause wie einen kostbaren Schatz, aus dem er etwas Neues und Wunderbares erschaffen konnte. Das Dichten war eben eine Frage des Findens, nicht des Erfindens.

Zwei Jahre hatten die Vorbereitungen gedauert, zwei Jahre, bis er die ersten Worte zu Papier hatte bringen können. Als er anfing zu schreiben, erwachten die mythischen Figuren zum Leben, die biblische Kurzgeschichte wurde zum epischen Gemälde. Wenn er die Augen schloss, sah er die Lehmufer des Nils vor sich und die braunen Männer aus Keme, die die Schöpfeimer hochzogen, die Ochsen, die das Wasserrad drehten, die mit schweren Lasten bepackten Kamele, die in langer Reihe ihre turbangeschmückten Reiter durch die Wüste wiegten.

Die Bilder, Statuen und Grabmalereien, die er auf seiner Reise gesehen hatte, wurden wie von selbst zu Vorlagen für die Figuren und Szenen, die er beschrieb. Die Kalksteinstatue des Prinzen Hem-On, die er im Museum in Kairo bewundert hatte, wurde zum Ebenbild von Potiphar, turmesgroß, mit wuchtigen Säulenbeinen, hängender Brust und kleinem Kopf. Die Wandmalerei in einer Grabstätte in Theben diente als Vorbild für eine Damengesellschaft, mit Harfen- und Lautenspielerinnen, die in ihren weiten hauchzarten Gewändern am Brunnenhof musizierten.

Aus Karnak hatte er das Bild des Fürsten Mentemhet in Erinnerung, sein von Falten durchfurchtes Gesicht mit den kleinen schlitzförmigen Augen, den stark ausgebildeten Tränensäcken und dem Knebelbart wurde zum Vorbild von Mont-kaw, dem Vorsteher im Hause des Potiphar.

Er begann die Niederschrift mit der Geschichte Josephs am Brunnen bei Hebron. Aber schon nach wenigen Kapiteln kam er ins Stocken, irgendetwas stimmte nicht. Um Josephs Geschichte zu verstehen, musste er zurück zu den Anfängen, zurück zum Stammesvater Abraham und zu Jaakob. So wurde der erste Teil zum Buch über Josephs Vater. Im zweiten Teil folgte dann die Geschichte vom jungen Joseph: Joseph, der hübsche, aber auch etwas eitle Mondschwärmer, die Eifersucht seiner beiden Halbbrüder, die sich zum Hass auf den Liebling des Vaters steigerte. Schließlich die Brunnenszene, in der die Brüder über Joseph herfallen, ihn in einen Brunnen werfen und ihn dann an vorbeiziehende Händler verkaufen.

Und jetzt im dritten Band, Joseph als Sklave in Ägypten. Die Ankunft in dem fremden Land, das er nur aus den schaurigen Erzählungen des Vaters kannte. Das Leben im Hause des Großeunuchen Potiphar und dessen Frau Mut-em-enet, Josephs Wandlung zum Ägypter mit Haut und Haar.

Mut-em-enets Leidenschaft für Joseph, da ist er nun angelangt. Mit Muts Verleumdung und Josephs Bestrafung – wieder kommt er in eine Grube! – soll der dritte Band beschlossen werden. Noch in Deutschland begonnen, wird es das erste Buch sein, das er in der Fremde beenden wird.

»Abgesang auf die deutsche Bildungsdichtung«, hatte Korrodi geschrieben, nachdem die ersten beiden Bände erschienen waren. Er hatte sich erst darüber geärgert, aber in gewissem Sinne hatte Korrodi natürlich recht. Als Dichter ist er inzwischen selbst Geschichte geworden, altmodisch, aus einer anderen Kulturepoche. Einer Epoche, die er im Individuellen zu Ende führen muss, obwohl sie längst Vergangenheit geworden ist.

Fern in der Zeit ist das große Werk, und doch so nah. Auch Joseph ist ein Ausgestoßener, gegen seinen Willen von den eifersüchtigen Brüdern aus der Heimat vertrieben, muss er in einem fremden Land ein neues Zuhause finden. Ein Fremdling in einer Welt, die er nicht versteht. Und auch Joseph findet Wohlgefallen an Ordnung und Stimmigkeit, setzt sich zur Wehr gegen das Chaos und die Unordnung. Gegen den Einbruch zerstörender Mächte, die den nur scheinbar gesicherten Frieden bedrohen. Es ist, als hätte er schon damals, als er das Werk begonnen hat, geahnt, dass ihn einmal das gleiche Schicksal erwarten würde.

Ein Knecht der Umstände ist Joseph gewesen, ein Vertriebener. Mutig hat er sein auferzwungenes Schicksal angenommen, hat sich gefügt und angepasst, sein Leben in der Fremde gegen alle Widerstände aus eigener Kraft neu gestaltet. Je länger er sich mit der Josephsgeschichte beschäftigt, desto mehr erkennt er sich selbst darin wieder. Vielleicht ist auch er, wie Joseph, vom Schicksal bestraft worden für seinen Hochmut.

Es gibt nur zwei Quellen für den Dichter, die eigene Erfahrung und die Erfahrung anderer, die einen Bezug zum Heutigen haben und zum eigenen Leben. Ein Dichter, der sich nicht selbst preisgibt, bleibt ein Sklave.

Er hält inne, legt das Manuskript zur Seite und holt die Abschrift des Briefes aus der Schublade. Obenauf dem Brief liegt ein Notizzettel mit Korrodis Telefonnummer, die der Redaktionsassistent ihm gegeben hat. Mit dem Füllfederhalter in der Hand liest er den Brief sorgfältig durch, streicht hier und da ein Wort, verändert den letzten Satz, liest alles noch einmal durch. Ja, so ist es besser. Er schraubt den Deckel auf den Füller und bläst über die nasse Tinte. Etwas albern, dass er an dem Brief herumbessert, obwohl er noch gar nicht weiß, ob er ihn überhaupt veröffentlichen will.

Er sieht auf die Uhr, es ist beinahe Zeit für seinen Spaziergang. Soll er den Brief zurückziehen oder nicht? Ihn aufs Geratewohl bestehen lassen und die Folgen nehmen, wie sie kommen? Küsnacht bietet ein sicheres Unterkommen, und man muss dankbar sein dafür, aber es ist nicht das Wesentliche.

Er schiebt den Schreibtischstuhl zurück und geht zum Bücherschrank, fährt mit dem Zeigefinger über die Ausgaben seiner Arbeiten in fremden Sprachen. Es sind viele, fein säuberlich nebeneinander aufgereiht und hübsch anzusehen. Die vertrauten Titel muten seltsam fremd an, englische, französische, spanische, sogar japanische sind dabei.

Aber was hilft's, dass er Leser hat in Amerika und in der Tschechoslowakei, in Spanien und in Japan? Wenn seine Bücher nicht mehr in Deutschland erscheinen dürfen, wofür schreibt er dann noch? Ja, gewiss, er ist nicht der Einzige, den es aus der Heimat vertrieben hat, und andere werden auch nicht mehr in Deutschland verlegt. Aber seine Situation ist nicht mit der anderer zu vergleichen. Auch nicht mit der anderer Dichter. Goethe hätte doch auch nicht nur fürs Ausland schreiben können. Was wäre aus dem Dichterfürsten geworden, wenn er in Italien hätte bleiben müssen und nur dort gelesen worden wäre? Hätte es dann einen *Faust* gegeben oder einen *Zauberlehrling*?

Es ist ein schwerer Lebensfehler, dass seine eigene Lebensgeschichte und die Geschichte der Heimat sich voneinander gelöst haben. Das ist schlimm genug, aber immerhin erscheinen seine Bücher weiterhin in der Heimat. Wenn er sich durch den Brief gänzlich vom Heimatland lossagt, was dann? Wie wird es dann weitergehen?

Das Schreiben aufgeben? Eine absurde Vorstellung. Auch wenn er sich oft genug zur Arbeit zwingen muss, man weiß doch nur etwas von sich, wenn man schreibt. Die Zwischenzeiten sind gräulich. Ebenso gräulich wie die Vorstellung, im Alter vielleicht den Arbeitseifer zu verlieren, über das Ende des Schreibens hinaus leben zu müssen. Man kann nur inständig hoffen, ebenso viel Glück zu haben wie Wagner. Kurz nachdem er den *Parsifal* geschrieben hatte, war er gestorben. So muss es sein. An ein Leben ohne die Arbeit, daran will er nicht denken.

Solange er sich zurückhält, nicht in aller Öffentlichkeit gegen das Regime agiert und Bermann in Deutschland bleiben kann, würden seine Bücher dort erscheinen. Und gelesen werden. So wie der *Joseph*. Die Erstauflage der Jaakobsgeschichten war schon nach einer Woche vergriffen. Der Erfolg eines Verfemten im Reich, das ist doch auch ein Schlag gegen das Regime?

Schreiben für Deutschland, das ist das Wichtigste, alles andere ist Beigabe. Das Erscheinen seiner Bücher im Rest der Welt ist nicht mehr als ein Darüberhinaus, das ohne das Eigentliche ganz und gar sinnlos sein würde. Auch wenn er nicht mehr in der Heimat leben darf, solange er dort gelesen wird, solange er für die Heimat schreiben darf, solange ist er noch nicht gänzlich heimatlos.

Er setzt sich wieder an den Schreibtisch und nimmt den Notizzettel mit der Telefonnummer aus der Mappe. Er wippt auf dem Stuhl, dreht den Zettel unschlüssig hin und her. Dann klappt er die Mappe zu und steht auf, um Korrodi anzurufen.

3

Toby läuft hinter ihm her durch den Gang und stupst ihn mit seiner bärtigen Schnauze in die Seite.

»Ist ja gut, Toby«, sagt er, »jetzt sei doch nicht so aufgeregt.«

Der Hund legt ihm die rechte Pfote auf den Arm und wedelt mit dem Schwanz. Toby ist groß geworden, er reicht ihm schon beinahe bis zur Hüfte. Ein hübsches Tier, ein Airedale Terrier, er hat ihn letzten Sommer von Erika geschenkt bekommen. Hellbraun, mit einem Streifen schwarzen Fells auf dem Rücken und die Flanken hinunter. Er führt das Tier am Halsband zum Wassernapf. Der Hund sollte besser vor dem Spaziergang noch etwas trinken. Vorgestern war er beim Spazierengehen in einen Bach gesprungen, um zu trinken, und danach völlig durchnässt gewesen.

Toby taucht seine Nase ins Wasser, entscheidet sich dann aber anders und rollt auf dem Teppich hin und her. Er bleibt auf dem Rücken liegen, streckt alle viere in die Luft, springt nach ein paar Sekunden wieder auf, läuft zur Haustür, setzt sich auf die Fußmatte und schaut ihn erwartungsvoll an.

»Ja doch, Toby«, sagt er, »wir gehen ja gleich.«

Er geht zum Dielenspiegel, rückt die Krawatte zurecht. Das Haar ist hinten und an den Seiten schon wieder zu lang. Toby bellt und rennt an ihm vorbei zur Treppe. Im Spiegel sieht er Katja die Treppe herunterkommen. Er dreht sich um und lächelt sie an.

»Fühlst du dich besser?«, fragt er.

»Ja«, antwortet Katja. »Es wird schon wieder.«

Sie hustet. Toby schnuppert an den Taschen ihres Morgenmantels, auf der Suche nach etwas zu essen.

»Nein, Toby!«, ruft sie streng. »Aus!«

Der Hund lässt schuldbewusst die Ohren hängen und setzt sich vor Katja auf die Treppenstufe.

»Braves Tier«, sagt sie, schiebt Toby zur Seite und geht die letzten Stufen der Treppe hinunter.

»Ich mache mir einen Kaffee, willst du auch einen?«, fragt sie.

Er schüttelt den Kopf. »Nein danke. Der Magen ...« Er streicht sich mit der Hand über die Haare. Er muss wirklich dringend zum Friseur. Er räuspert sich.

»Ich habe Korrodi angerufen«, sagt er.

Katja bleibt am Treppenabsatz stehen. »Und?«, fragt sie.

»Ich habe um Bedenkzeit bis morgen gebeten. Ich will alles noch einmal gut überdenken.«

Katja sieht ihn schweigend an.

»Korrodi findet meinen Brief übrigens ganz ausgezeichnet«, fügt er hinzu. Er geht zum Kleiderständer und nimmt die Leine vom Haken. Der Hund springt zwischen ihm und Katja hin und her, schwanzwedelnd und hechelnd.

»Er will raus. Kommst du mit?«, fragt er. »Ich kann auf dich warten, bis du dich angezogen hast.«

»Ich weiß nicht recht«, antwortet sie. Sie hält sich mit der Hand am Treppenpfosten fest. »Mir ist immer noch ein bisschen schwummrig, ich glaube, ich bleibe heute besser zu Hause. Und das mit dem Kaffee ist vielleicht doch keine gute Idee.«

Er nickt, während er seinen Mantel anzieht. Schade, er mag es gerne, wenn Katja ihn begleitet auf seinen Spaziergängen. Er erzählt ihr von seiner Arbeit, von dem am Morgen Geschriebenen, sie hört ihm zu, ermutigt ihn, verbessert seine Gedanken. Er holt den Schal aus dem Garderobenschrank und die gefütterten Handschuhe. Er ist vor dem Telefonat mit Korrodi kurz vor die Tür gegangen, um den Kopf durchzulüften. Feucht-kalt war es gewesen, er hatte schon nach zwei Minuten vor Kälte gebibbert. Und droben im Wald ist es sicherlich noch kälter als hier unten.

»Toby, komm!«, ruft er. Der Hund rennt auf ihn zu, lässt sich vor ihm auf den Boden fallen. Er tätschelt ihm den Rücken und befestigt die Leine am Halsband.

»Wenn du dich nicht wieder danebenbenimmst, darfst du nachher im Wald ohne Leine laufen.«

Toby bellt, seine kleinen schwarzen Knopfaugen sehen ihn an, als ob er genau verstünde, was gesagt wurde.

»Ja, du weißt schon, wovon ich rede, nicht wahr?«,

sagt er in ernstem Ton. Der Hund ist gutherzig, aber auch wild und leider oft ungezogen. Vor ein paar Wochen hat er bei einem Spaziergang mit einem Mädchen gespielt und ihr dabei im Übermut den Mantel zerrissen.

»Ruh dich noch ein bisschen aus«, sagt er zu Katja, die immer noch am Treppenabsatz steht. Er knöpft den Mantel zu und wickelt den Schal fest um den Hals. Toby zieht ungeduldig an der Leine. Er geht zur Tür, winkt Katja zum Abschied zu.

»Bis später«, sagt er.

»Bis später«, antwortet sie, während sie sich umdreht und die Treppe hinaufgeht.

4

Er bleibt stehen, er hat plötzlich keine rechte Lust mehr weiterzugehen. Die feucht-schwere Nebelluft drückt auf den Kopf und aufs Gemüt. Degout. Er überlegt, ob er umdrehen und zurückgehen soll. Nein, der Hund muss noch ein bisschen Auslauf haben. Er setzt sich auf ein Bänkchen am Rand des Waldwegs und lässt Toby von der Leine.

In der Ferne hört er die Mittagsglocken einer Kirche. Er kneift die Augen zusammen, aber der Nebel ist zu dicht, er kann die Kirche nicht sehen. Im Sommer hat er oft auf dieser Bank gesessen, und dann konnte er Itschnach sehen und den See.

Auf dem Feld picken Krähen in der Erde. Sie hüpfen hierhin und dorthin, auf der Suche nach Würmern. Eine Große sitzt auf der Vogelscheuche mitten im Feld, sie plustert das Fell auf und wetzt ihren Schnabel an den hölzernen Armen. Toby rennt aufs Feld, die Krähen fliegen kreischend und flügelschlagend davon. Dummes Tier, der Hund sollte doch wissen, dass er zum Vogelfangen viel zu langsam ist.

Die Ländlichkeit des Küsnachter Hauses hat durchaus Vorteile. Es gibt viele schöne Spazierwege, die sich nach allen Seiten ausdehnen. Er hat sie in den ersten Wochen nach dem Einzug alle erkundet: die zum Wald aufwärts führende Straße, Richtung Zollikon, den Weg durch das Bachtal, über Itschnach und Johannisburg. Im Sommer ist er abends meist den großen Waldweg gegangen, ein Spazierweg von beinahe anderthalb Stunden. Es war kühl dort, selbst in der Sommerhitze, und still, er hat selten andere Spaziergänger getroffen.

Toby scharrt mit den Füßen im weichen Waldboden, wühlt mit der Schnauze in der Erde. Wie merkwürdig doch, dass ›ein Hundelebenhaben‹ etwas Negatives bedeutet. Als Hund auf die Welt zu kommen ist gar nicht so übel, man kann es schlechter treffen.

In München hatte er Motz, den schottischen Collie, und später den Schäferhund Lux. Und natürlich Bauschan, seinen Liebling. Als halbverhungerter, verlauster Welpe war das Tier zu ihnen gekommen. Ein rasseechter Hühnerhund, hatte es geheißen, aber das stellte sich als Übertreibung heraus. Das rostbraun-schwarz gestreifte, struppige Fell mit dem weißen Brustfleck verriet den Mischling. Auch die Pfoten und der Bauch waren weiß. Obwohl nicht rasserein, hatte Bauschan doch den Jagdtrieb des Hühnerhundes und war auf Spaziergängen unermüdlich hinter Feldmäusen, Hasen und Fasanen hergerannt.

Leider war er schon nach vier Jahren an der Staupe erkrankt. Der Tierarzt hatte eine eitrige Lungenentzündung festgestellt, und dann war auch noch eine

Harnvergiftung dazugekommen. Sie hatten das Tier einschläfern lassen müssen.

Toby rennt zu ihm, mit einem krummen Stück Holz im Maul. Der Hund legt ihm den Ast vor die Füße und bellt.

»Nein, Toby, ich hab keine Lust zum Spielen«, sagt er und schiebt den Ast mit dem Fuß von sich. Toby knurrt enttäuscht und rennt zurück in den Wald.

Katja hat nichts gesagt, als er ihr vom Anruf bei Korrodi erzählt hat. Sie ist wohl nicht einverstanden damit. Ob sie deshalb nicht mitgekommen ist? Sie finde es richtig, dass er den Brief geschrieben habe, hat sie gestern gesagt, und sie sei froh, dass das Sich-nicht-Aussprechen endlich ein Ende habe. Korrodi hatte vorhin am Telefon ebenfalls gemeint, dass ein ausweichendes Schweigen nicht durchzuhalten sei. Eine solche Schieflage sei keine gute Sache.

Erika wird natürlich außer sich sein, wenn er den Brief zurückzieht. Sie war so erfüllt von ihrem Hass auf die Nazis, dass sie ihm in den letzten drei Jahren beinahe fremd geworden war. Ihre Besuche in Küsnacht endeten immer häufiger mit Misstönen. Auch bei ihrem letzten, zu Weihnachten, hatte es wieder Vorhaltungen gegeben.

Sie war erkältet, hörte nicht auf zu husten und hatte fiebrige Augen. Dennoch wollte sie mit ihm spazieren gehen. Sie waren durch den verschneiten Wald gelaufen, und Erika hatte von ihrem Kabarett erzählt. Er bat sie, aufzupassen mit ihren Texten, er habe Angst, dass sie in Schwierigkeiten kommen könne, aber Erika wollte seine Bedenken nicht hören.

»Wir sind vorsichtig genug!«, sagte sie. »*Ich* kann nicht in der Schweiz rumsitzen und so tun, als ob mich das, was in Deutschland passiert, nichts anginge.«

Er hatte sich über den Vorwurf geärgert. Warum musste Erika immer wieder davon anfangen? Konnte sie nicht etwas mehr Verständnis für seine Lage aufbringen? Für Erika war alles schwarz oder weiß, Zwischentöne gab es nicht. Ihm lag eine scharfe Anwort auf der Zunge, aber er hatte sich zurückgehalten.

»Die Schweiz ist neutral«, entgegnete er. »Wenn du so weitermachst, werden sie dir das Kabarett noch verbieten. Und was dann?«

»Dann finde ich einen anderen Weg. Man darf die Nazischweine nicht einfach hinnehmen, verstehst du das denn nicht? Wer nichts tut, macht mit.«

Sie schwieg ein paar Minuten, nahm dann beschwörend seinen Arm. »Zauberer, du musst weg von Bermann. Querido in Amsterdam würde dich mit offenen Armen empfangen, und das weißt du.«

Das alte Lied. Erika hatte Bermann nie gemocht, aber nach der Sache mit Klaus' Zeitschrift konnte sie ihre Abneigung nicht mehr im Zaum halten. Er hätte ihr gerne gesagt, dass Bermann dabei war, Deutschland zu verlassen, aber das war noch streng geheim.

»Drei Jahre schweigst du nun schon still vor dich hin«, sagte sie, »du musst ein Zeichen setzen, gegen Deutschland, gegen die Nazis.«

»Ich lasse mich nicht ohne Not ins Emigrantenlager hineinzwingen«, antwortete er, »meine Position ist anders als die anderer Leute.«

Zornig hatte sie ihm entgegengeschleudert: »Hör doch auf, dich wie ein Halbemigrant zu benehmen. Als ob du nicht dazugehörst, du bist genauso ein Emigrant wie alle anderen. Sieh das endlich ein!«

Erika hatte sich später wieder beruhigt, aber nach seinem Protest gegen den Schwarzschildartikel war der Streit wiederaufgeflammt, noch heftiger diesmal, mit langen Briefen hin und her, sie nahm ihm übel, dass er für Bermann eingetreten war und dass sein erster öffentlicher Protest sich gegen einen Emigranten gerichtet hatte; sie drohte ihm sogar, dass sie ihm abhandenkommen könnte.

Ein ruhiges Dasein, fernab vom Tumult, es ist ihm offenbar nicht vergönnt. Die äußeren Umstände sind wie eine Galeere, man ist daran gekettet, ob man es will oder nicht. Aber will er sich wieder in die Politik hineinziehen lassen? Das ist ihm schon einmal passiert, vor zwanzig Jahren, und es ist ein großer Fehler gewesen.

Ein unnötiges Buch war dabei herausgekommen, er hat den Krieg verteidigt, als dieser schon längst verloren war. Ein Gedankendienst mit der Waffe, so hat er es damals genannt. »Nie wieder!« hat er sich danach geschworen, es ist unnütz und sinnlos. Literatur sollte sich fernhalten von der Politik. Ein Dichter sollte wirken, nicht handeln.

Auch schon vor der Quälerei mit dem dummen politischen Buch war es für ihn keine gute Zeit gewesen. Er war mit dem Schreiben nicht vorangekommen, hatte nur kleinere Sachen zu Papier gebracht, Erzählungen und Essays, und das war alles gut und schön, aber er war bereits Mitte dreißig und seit den *Buddenbrooks* waren mehr als zehn Jahre vergangen. Es war höchste Zeit für ein neues großes Werk. Er hatte mit dem *Krull* angefangen und ihn wieder weggelegt, um am *Zauberberg* zu arbeiten. Aber auch der wollte nicht recht gedeihen, und beide hatten sie unfertig in der Schublade gelegen, als der Krieg kam.

Der Kriegsausbruch hatte ihn völlig überrascht. Er schämte sich bis heute über so viel Ahnungslosigkeit. Selbst nach der Ermordung des Kronprinzen hatte er keinen Schimmer. Er hatte einfach nicht glauben wollen, dass man Ernst machen würde mit dem Krieg. Als die Mobilmachung begann, war er mit Katja und den Kindern in Bad Tölz im Urlaub und merkte wenig von den Kriegsvorbereitungen, das Weltgeschehen schien unendlich weit weg.

Er wurde ausgemustert, vorläufig jedenfalls, nur der jüngere Bruder Viko und Katjas Zwillingsbruder mussten an die Front. Sie fuhren zurück nach München, um Viko zum Zug zu bringen, und dann war er auf einmal mittendrin im Kriegsgetöse. Der übervolle Bahnhof, das Gedränge und Gebrodel, die Begeisterung. Die Menschen jubelten und sangen, schwenkten Fähnchen, winkten den Zügen hinterher.

Auch er befürwortete diesen Krieg, aber *kriegs*-begeistert, das war er nicht gewesen. Eher *geschichts*-begeistert. Er war kein Franzosenfresser, nein, es ging um etwas anderes. Das Deutsche gegen das Französische, Kultur gegen Zivilisation. Dass der Krieg sich so lange hinziehen und mit einer Katastrophe enden würde, wer hätte das damals gedacht?

In den Kriegsjahren hatten sie nicht wirklich gedarbt, auch wenn Katja im dritten Jahr regelmäßig zum Hamstern aufs Land gefahren war. Sie brachte meist Eier und Milch und Kartoffeln nach Hause, manchmal sogar ein Hühnchen. Und sie mussten sparen. Der Chauffeur und eines der Mädchen mussten entlassen werden, die Heizung wurde abgeschaltet, die provisorisch aufgestellten Kachelöfen waren kein hinreichender Ersatz. Kohle war knapp, oft reichte der heimlich herbeigeschaffte Vorrat gerade mal für den Ofen in seinem Arbeitszimmer.

Im Großen und Ganzen jedoch hat er den Krieg unbeschadet überstanden. Der gefürchtete finanzielle Ruin war ausgeblieben, selbst die Geldentwertung konnte ihm nicht viel anhaben. Er hatte zwar Verluste – er hatte Kriegsanleihen gekauft, und das Kaufmannserbe des Vaters war innerhalb kürzester Zeit gerade noch einen Laib Brot wert –, aber er hatte das Haus und wegen der ausländischen Tantiemen auch Deviseneinkünfte. Katjas Eltern mussten unterdessen ihre Monets zu Schleuderpreisen verkaufen; die Eltern leben jetzt von der Wand in den Mund, hatte Katja gesagt.

Jeden Tag gab es neue Geldscheine, bunt bedruckt und am nächsten Tag schon wertlos und ersetzt durch neue. Eine Million Papiermark, zehn Millionen, eine Milliarde. Und das war einmal die kaiserliche Gold-mark. Bismarck hätte sich im Grabe umgedreht. Kat-ja kaufte Eier für sechstausend Mark das Stück, und für das Briefporto von 15 Pfennig musste man 10 Mil-liarden bezahlen. Nicht, dass er sich viel um die Bank-geschäfte gekümmert hätte, das machte alles Katja. Wenn sie auf dem Land war, musste er sich Geld lei-hen von den Schwiegereltern, weil er nicht wusste, auf welcher Bank sie ein Konto hatten.

Im April des letzten Kriegsjahres wurde Medi gebo-ren. Jeden Tag verbrachte er viele Stunden mit dem geliebten Kind, er trug sie ihm Garten umher, zeigte ihr die Blumen und die Vögel, und als sie etwas größer war, saß sie beim Essen auf seinem Schoß, er fütterte sie mit Zuckerei und anderen Leckereien. Er nannte sie »Mein Äuglein traut«, aber das hatte ihr nicht ge-fallen.

Er erinnert sich mit Schaudern an seine völlige Hilf-losigkeit, als er einmal allein gewesen war mit Medi, sie war gerade ein halbes Jahr alt, Katja war zum Tee bei ihren Eltern und das Kinderfräulein im Urlaub. Medi hatte geschrien wie am Spieß, ihre Windeln wa-ren nass, er wusste sich keinen Rat, schließlich ent-fernte er die nassen Stücke, nackt und weinend lag sie im Bett, er wußte nicht, was er tun sollte, konnte ihr nicht helfen. Das hilflose, weinende Kind, er war tief erschüttert und überzeugt davon, dass sie ihm nie wieder vertrauen würde. Er beruhigte sich erst wieder, als Katja endlich nach Hause kam und Medi, gesäubert und mit einer frischen Windel versehen, ihn fröhlich glucksend anlächelte.

Ansonsten waren die vier Kriegsjahre vor allem eine mürrische, übellaunige Zeit gewesen. Er hatte unerklärliche Zornausbrüche, schimpfte ohne jeden Grund beim Mittagessen mit den Kindern, stritt sich sogar mit Katja. Kleinigkeiten konnten ihn völlig aus dem Gleichgewicht bringen. Er hatte einmal tagelang schlechte Laune gehabt, weil die Teppiche in seinem Arbeitszimmer zum Reinigen gegeben wurden und erst nach einer Woche zurückkamen. Das kam durch die Arbeit an dem dummen Buch, und an dem war vor allem Heinrich schuld.

Heinrich sympathisierte offen mit den Franzosen, war Republikaner und Kriegsgegner. Fulminierte in seinem Zola-Artikel gegen das Kriegsgeheul – und gegen *ihn*. Ein verdeckter Angriff, aber trotzdem deutlich genug, das durfte nicht unwidersprochen bleiben. Mehr als zwei Jahre arbeitete er an seiner Antwort, den *Betrachtungen eines Unpolitischen*. Schon vor Heinrichs Angriff hatte er sich Notizen gemacht, aber danach *musste* er das Buch einfach schreiben. Eine Verteidigungsschrift sollte es sein, für ihn und für den Krieg.

Er wollte alles sagen, und so war das Buch ein Monstrum geworden, mehr als sechshundert Seiten lang und bereits überholt, als es kurz vor Kriegsende endlich fertig war. Er hatte im letzten Moment noch versucht, das Manuskript zurückzuziehen, es erst postum erscheinen zu lassen. Aber der Eilbrief an Bermann kam zu spät, das Buch war bereits ausgeliefert.

Deutschland hatte dann allerdings ganz andere Sorgen. Aufstände und Revolution, die Ausrufung der Republik. Er jedoch wollte die Monarchie, auch nach dem Krieg noch, nach der Abdankung des Kaisers. Zögerlich zuerst und nicht mit dem Herzen, war er dann aber doch Republikaner geworden. Mehr als dreihundert politische Morde, kulminierend in der Ermordung Rathenaus, und sein Buch war mitverantwortlich, hatte Öl aufs nationalistische Feuer gegossen. Ein Vernunft-Republikaner, so hatte Heinrich ihn genannt. Aber das stimmte nur zum Teil. Es ging nicht an, dass Deutschland republikanisch wurde und er nicht.

Toby kommt angetrottet, die Zunge hängt ihm schief aus dem Maul. Der Hund lässt sich vor ihm auf den Boden fallen und bleibt liegen, mit der Schnauze auf seinem Schuh. Er krault ihn hinter den Ohren.

»Na, bist du endlich müde?«, fragt er. »Genug herumgerannt?«

Sie hatten sich aneinander gewöhnt, die Republik und er. Zehn Jahre relativer Ruhe, die neue Staatsform schien sich zu festigen. Wieder ein Irrtum. Ja, hinterher ist man immer schlauer, weiß alles besser. Aber mittendrin im Gewühl, da ist die Sicht trübe. Und man muss sehen, wie man sich zurechtfindet.

Heinrich scheint keine Mühe zu haben mit dem Zurechtfinden. Damals nicht und heute wieder nicht. Der Abschied von Deutschland, es sei der einzig mögliche Weg, hatte er gesagt. Ob sie sich wiederum entzweien würden, wenn er's nicht täte? Ein Bruderzwist wie nach dem Großen Krieg?

Sieben Jahre waren sie sich damals aus dem Weg gegangen, hatten so gut wie keinen Kontakt mehr gehabt. Noch nie hatte ein Schweigen zwischen ihnen so lange gedauert, selbst auf der Schule nicht, als sie sich einmal fürchterlich gestritten hatten, er konnte sich nicht mehr erinnern, worum es bei dem Streit gegangen war. Ein Jahr lang hatten sie nicht miteinander gesprochen.

Der Streit während des Krieges ging jedoch viel tiefer, war erbitterter. Kurz nach dem Krieg hatten sie sich noch ein letztes Mal geschrieben, mit einem endgültigen »Lebewohl«. Erst Jahre später, als Heinrich lebensgefährlich krank wurde und es so aussah, als würde er vielleicht sterben, hatte er sich mit dem Bruder ausgesöhnt.

Und Heinrich hatte die Dinge wirklich viel klarer gesehen als er. Heinrichs *Untertan*, vor dem Krieg geschrieben und danach als prophetisches Werk gefeiert, verkaufte mehr als hunderttausend Exemplare. Die *Betrachtungen* dagegen läppische sechstausend Stück, das sagt alles. Ein überflüssiges Werk. Die Schicksalssonne schien hell für Heinrich nach dem Krieg, während er im Schatten zwischen den Stühlen saß. Genau wie heute.

Merkwürdig doch, Heinrichs Vorliebe für alles Französische. Oder vielleicht auch nicht so merkwürdig. Heinrich, der Genussreiche, immer den sinnlichen Freuden zugetan. Heinrich, der den Wein liebt und das gute Essen – und die Frauen. Kein Wunder also, dass er sich in Südfrankreich wohl fühlt, im Französischen ganz zu Hause ist und arbeitet, an seinem großen Werk über den königlichen Namensvetter, Heinrich IV.

Sie hatten viel über das Buch gesprochen, als Heinrich im Dezember für ein paar Tage nach Küsnacht gekommen war. Ohne die Kröger, Gott sei Dank. Der erste Teil war beneidenswert gut gewesen, das muss er zugeben. Ein überragendes Buch, so hatte er dem Bruder geschrieben, künstlerisch reich und voll. Und der zweite Band war beinahe fertig, endend mit dem Beginn des Glaubenskriegs, der Zerrüttung Europas. Wieder ein prophetisches Buch wahrscheinlich.

Ja, Heinrich hat in vielem recht behalten. Sein *Untertan*, er lebt weiter, bis heute. Die ewige Spießerseele, nach oben buckeln und nach unten treten. »Jeder muss über sich einen haben, vor dem er Angst hat, und einen unter sich, der Angst vor ihm hat.«

Feige und die Macht verehrend, die Mitschüler verpetzen und zum Braunen Haus laufen, um den Lehrer anzuschwärzen. Golo hat ihm erzählt, dass Hans, der üble Chauffeur, zu einem der Dienstmädchen gesagt hat: »Ich lass dich verhaften«, als er sich über sie geärgert hatte.

Heinrich hat das alles ganz richtig gesehen. Aber sollte er deshalb dem Weg des Bruders folgen? Wie

Heinrich ohne Zögern und ohne Reue den endgültigen Bruch mit dem Vaterland herbeiführen? Nein, dafür sind sie denn doch zu verschieden, und das hat auch seinen Grund. »Ich bin so geworden, wie ich bin, weil ich nicht werden wollte wie du.« Heinrichs Weg, nein, das kann sein Weg nicht sein.

Er steht auf und stupst den Hund mit der Schuhspitze in die Seite. Toby gähnt und reckt sich ausgiebig.

»Komm«, sagt er, »wir gehn nach Haus. Zeit zum Mittagessen.«

Mittags

1

Er stochert in seinem Essen. Alleine Mittag essen ist kein Vergnügen. Katja hat sich wieder hingelegt, sie habe keinen Hunger, hat sie gesagt, als er von seinem Spaziergang zurückkam. Sie ist offensichtlich kränker, als er gedacht hat. Oder sie will ihn doch bestrafen für den Anruf bei Korrodi.

Er legt das Besteck auf den Teller und schaut aus dem Fenster. Der Nebel hat sich etwas gelichtet, zaghaft brechen einige schwächlich-fahle Sonnenstrahlen durch das Grau. Die Fenster sind schmutzig, man sieht staubige Schlieren auf den Glasscheiben. Aber es hat keinen Sinn, sich darüber aufzuregen, das Fensterputzen wird bis zum großen Frühjahrsreinemachen warten müssen. Er zählt nach, noch zehn Wochen bis Ostern. Noch zehn Wochen mit ungeputzten Fenstern.

Das Esszimmer beengt ihn. Die schweren, grüngoldenen Vorhänge nehmen zu viel Licht weg, und die dunklen Möbel lassen den kleinen Raum noch kleiner erscheinen. Das Esszimmer in München war ein schöner, repräsentativer Raum, groß genug für Abendgesellschaften und Soirées.

Toby kommt unter dem Esstisch hervorgekrochen, setzt sich neben seinen Stuhl, sieht zu ihm auf und leckt sich erwartungsvoll die Schnauze. Ja, das verschmähte Stück Fleisch auf dem Teller würde ihm bestimmt gut schmecken, aber Katja meint, dass man den Hund nicht so verwöhnen dürfe. Er schiebt Toby zurück unter den Tisch, zuckt zusammen dabei, ein scharfer Stich im linken Handgelenk treibt ihm die Tränen in die Augen.

Er war bei der Rückkehr vom Spaziergang hingefallen. Das Gartentor klemmt im Winter, man muss es mit einem kräftigen Ruck öffnen. Aber heute Mittag ließ es sich trotz des kalten Wetters widerstandslos aufmachen, der Ruck ging ins Leere, und er fiel hintenüber. Als er den Fall abfangen wollte, kam er unglücklich mit der linken Hand auf, und das Handgelenk war umgeknickt. Er hatte sich mühsam wieder aufgerappelt, die Nässe und den Schmutz vom Mantel geklopft und sich umgesehen. Hatte jemand sein Malheur beobachtet? Nein, er hatte Glück, es war niemand zu sehen. Toby war bereits die Gartentreppe hinaufgerannt, die Leine hinter sich herziehend. Der Hund lief zurück zum Tor, sprang aufgeregt bellend um ihn herum. »Ruhig, Toby, ruhig«, sagte er, »ist ja nichts passiert.«

Das Gelenk tut wirklich abscheulich weh, vielleicht sollte er Katja bitten, eine Bandage anzulegen. Er hat ihr noch nichts von seinem Sturz erzählt, er will sie nicht unnötig aufregen. Er schiebt den Teller von sich und ruft nach der Köchin, um den Tisch abzuräumen. Sie kommt ins Esszimmer und schlägt die Hände zusammen, als sie seinen Teller sieht.

»Also, wirklich, Herr Doktor«, sagt sie vorwurfsvoll, »das geht ja nicht.« Sie stemmt die Fäuste in die Seite und sieht ihn streng an.

»Sie müssen schon was essen! Sie fallen mir sonst noch vom Fleisch.«

Dann sollte man mir eben kein zähes Schnitzel servieren, denkt er ärgerlich, aber er sagt es nicht.

»Ich werde mir morgen mehr Mühe geben«, verspricht er.

Martha nimmt den halb leer gegessenen Teller vom Tisch und schüttelt den Kopf. Ihre Wangen sind gerötet, und sie riecht nach Vanille und Butter.

»Was gibt's denn zum Nachtisch?«, fragt er.

»Apfelpfannkuchen«, antwortet sie: »Mit extra viel Puderzucker, das mag der Herr Doktor doch so gerne.«

Er sieht ihr nach, wie sie aus dem Esszimmer in Richtung Küche geht. Eine kleine Person, mit kurzen Beinen und geschäftigen Händen. Und ziemlich drall, ihre weiße Schürze spannt um den Bauch. Man sieht ihr an, dass sie gerne isst. Aber gerne essen und kochen können sind halt nicht dasselbe. Obwohl – das ist ungerecht, sie kocht oft sehr gut. Und er lobt sie auch regelmäßig. Letzte Woche hat sie eine Suppe gemacht, die ganz ausgezeichnet war. Katja hat sich tagelang über ihn lustig gemacht, weil er die Fleischklößchen in der Suppe »entzückend« genannt hat.

Er hat ja auch keine hohen Ansprüche, was das Essen angeht. Zum Frühstück Weißbrot oder ein Brötchen mit Marmelade, obwohl Medi recht hat, dass die Brötchen hier in der Schweiz lange nicht so gut sind wie die Semmeln in München. Zu Mittag eine Suppe, am liebsten eine Tomatensuppe oder eine klare Gemüsebrühe, und danach ein Beefsteak, einen Braten oder Hühnchen. Früher aß er auch gerne Wiener Schnitzel mit in Butter geschwenkten Bratkartoffeln, aber das verträgt er leider nicht mehr, zu fettes Essen bringt seine Verdauung in Unordnung.

Eine gute, einfache Hausfrauenmahlzeit ist um vieles besser als das meiste Hotelessen. Dennoch probiert er auf Reisen gerne etwas Neues aus. Auf der Überfahrt nach Amerika hat er ein paarmal den geeisten *tomato cocktail* bestellt, den seine amerikanischen Tischnachbarn vor jedem Essen tranken, aber er hat sich nicht an den süßlich-faden Geschmack gewöhnen können. Leider war auch der Kaffee in Amerika ungenießbar gewesen, ein wässriges Gebräu, ohne jedes Aroma. Nach ein paar Tagen hatte er es aufgegeben und stattdessen Tee getrunken. Das sei sowieso besser für die Gesundheit, hatte Katja gesagt.

Das *oatmeal* zum Frühstück hat er dagegen sehr gerne gegessen und auch die *scrambled eggs*. Und die vielen Sorten *icecream*, die es in Amerika gibt! Er mochte vor allem den *Eskimo Pie*, einen mit Schokolade überzogenen Vanilleeisriegel, und die fruchtig-süßen *popsicles*. Schon als Kind hat er sich darauf gefreut, wenn es an Festtagen oder zur Feier seines Geburtstags Gefrorenes zum Nachtisch gab. Die Mutter hatte Gott sei Dank nicht die gleichen Beschwerden gehabt wie Goethes Mutter, die dem zehnjährigen Bub das Eisessen verboten hatte, da der Magen ihrer Ansicht nach die Kälte nicht vertragen konnte.

Martha kommt zurück und bringt ihm den Nachtisch und ein Glas Benedictine. Der Pfannkuchen riecht gut, warmer Apfelduft, frisch und süß. Er nimmt einen Bissen und nickt.

»Vorzüglich, Martha«, sagt er, »wirklich ganz vorzüglich.« Beinahe hätte er aus Versehen wieder ›entzückend‹ gesagt.

Martha lächelt zufrieden. Sie bleibt neben seinem Stuhl stehen, bis er den Teller leer gegessen hat.

»Will der Herr Doktor vielleicht einen Kaffee zum Likör?«, fragt sie, während sie den Teller abräumt. Sie holt eine kleine Bürste aus der Schürzentasche, fegt sorgfältig ein paar Krümel vom Tisch auf den leeren Kuchenteller, glättet das Tischtuch, rückt das Zigarrenkistchen und den Aschenbecher zurecht.

»Nein, Martha, besser nicht, ich fühle mich nicht so gut heute.« Er klopft sich mit der Hand auf den Bauch und fügt hinzu: »Der Magen ist etwas nervös.«

Sie runzelt besorgt die Stirn. »Der Herr Doktor wird mir doch nicht auch noch krank werden?«

»Wir wollen's nicht hoffen«, antwortet er.

Er zündet sich eine Zigarre an. Er hat sich heute Morgen vorgenommen, weniger zu rauchen, um den

Magen zu schonen, aber die Zigarre nach dem Mittagessen ist die beste des Tages. Er streckt die Beine unter
dem Tisch aus und nippt am Likör.

»Wer weiß, Martha, vielleicht ist Fortuna mir ja gnä-
dig gestimmt.«

»Es kommt, wie's kommen muss, Herr Doktor«, antwortet sie und geht zur Tür.

2

Er öffnet die Küchentür. Nein, in der Küche ist sie auch nicht. »Martha!«, ruft er, aber er bekommt keine Antwort. Wo steckt sie bloß? Er hat nach dem Mittagessen zu lange herumgetrödelt mit dem Likör und der Zigarre. Jetzt ist er müde und braucht einen Kaffee. Vielleicht ist Martha oben bei Katja? Er will gerade die Treppe hinaufgehen, als Martha zur Haustür hereinkommt, eine Flasche Milch in der Hand. Toby läuft mit hängender Zunge hinter ihr her.

»Ah, Herr Doktor«, sagt sie. Sie fächelt sich mit der Hand Luft zu. »Ich musste schnell zum Milchmann laufen, die Milch war sauer geworden.«

Ihr Gesicht ist gerötet, sie hat Schweißperlen auf der Oberlippe. Er nickt und murmelt: »Ja, ja, verstehe, verstehe.«

Er wartet, bis Martha ihr Gesicht mit der Schürze abgetupft hat.

»Kann ich was für Sie tun?«, fragt sie, holt ein Taschentuch aus der Schürze und putzt sich die Nase.

»Ich hab's mir anders überlegt, Martha. Können Sie mir doch einen Kaffee machen?«

»Da haben Sie aber Glück«, antwortet sie, »ich habe schon Kaffee aufgesetzt, für die Frau Doktor. Ich bring Ihnen eine Tasse ins Arbeitszimmer.«

»Nein, danke«, sagt er schnell, »das ist nicht nötig, ich warte hier.«

Martha geht eilig in die Küche und kommt nach wenigen Augenblicken zurück, eine Tasse in der Hand.

»Milch und Zucker hab ich schon reingetan«, sagt sie, »aber sein's vorsichtig, der Kaffee ist heiß.«

Er lächelt ein »Dankeschön« und geht mit der Tasse ins Arbeitszimmer. Martha hält Toby fest, der bellend hinter ihm her laufen will, und schließt die Tür.

Er stellt die Tasse auf den Schreibtisch und lässt sich in den Stuhl fallen. Er trinkt einen Schluck, bläst in die Tasse, der Kaffee ist wirklich kochend heiß. Vorsichtig bewegt er das lädierte Handgelenk hin und her, schließt die linke Faust, öffnet sie wieder.

Er hat einen Entschluss gefasst. Urlaub, er wird Urlaub nehmen von Deutschland. Urlaub, bis sich die Lage geklärt hatte. Das ist viel besser als ein Bruch, warum sollte er es sich so schwer machen? Einfach schweigen, sich aus allem raushalten. Hat er nicht durch die Opfer, die er gebracht hat, das Recht auf ein Schweigen verdient? Bermann würde es sicherlich gutheißen, und der *Joseph* würde ungehindert in Deutschland erscheinen können.

Der Brief muss irgendwo sein, in einer der Schreibtischschubladen. Es ist eine Weile her, dass er ihn geschrieben hat, eine Art Urlaubsgesuch an die deutsche

Regierung. Es war ein langer Brief geworden, ausführlich hatte er erklärt, warum er einige Zeit in der Schweiz bleiben wolle, und gebeten, ihm dies zu bewilligen.

Die Unordnung in den Schubladen ist wirklich unglaublich! Fotos, zwei alte Lesebrillen, eine Ehrenurkunde. Visitenkarten von Leuten, an die er sich kaum mehr erinnert, und Zeitungsausschnitte, die ihm irgendwann einmal wichtig erschienen. Das Programm der Premiere von Eris Kabarett. Die Pfeffermühle. Den Namen hatte er sich ausgedacht, und Eri war sofort begeistert.

Er zieht ein Foto heraus, Medi und Katja vor dem Ferienhäuschen in Nidden. Vor zwei Jahren, in Südfrankreich, hat er noch geglaubt, dass sie Katjas fünfzigsten Geburtstag in Nidden würden feiern können. Kaum zu glauben, wie blauäuig er damals war. Zwei Häuser hat er gebaut, und beide haben sie ihm genommen. Es ist ein schaler Trost, dass Litauen nicht zu Deutschland gehört, und die Diebesbande das Haus nicht beschlagnahmen kann. Aber hinfahren kann er auch nicht mehr.

Er hält das Foto dichter vor die Augen. Auf der Veranda vor dem Haus stehen die weißen Korbstühle, die Katja gekauft hat. Das Haus ist hübsch anzusehen, ganz aus Holz und mit einem schilfgedeckten Dach. Die Kinder haben anfangs gequengelt, und auch Katja hat ihre Bedenken gehabt, Nidden sei viel zu weit von München, die Reise zu lang und beschwerlich, erst mit der Bahn nach Berlin, und weiter nach Königsberg und Kranz, dann mit der Fähre nach Nidden, und schließlich die Droschkenfahrt zum Haus. Es stimmt schon, es ist eine lange Reise, aber die Kurische Nehrung ist die lange Reise wert, die Landschaft hat etwas Urwüchsiges, Elementares, das man anderswo nicht findet. Wer weiß, wenn das Urlaubsgesuch honoriert würde, vielleicht kann er dann wenigstens sein Häuschen in Nidden wieder in Besitz nehmen?

Er legt das Foto zurück in die Schublade, wühlt zwischen den Papieren und Visitenkarten. Noch mehr Fotografien. Ein halb vergilbtes Bild von Eris Hochzeit mit Gustaf Gründgens. Missmutig schiebt er das Foto unter einen Stapel Zeitungsausschnitte. Er ist froh, dass das nicht gehalten hat, auch wenn er damals ungehalten war über die unnützen Kosten für die Hochzeit.

Ein Foto von Hesses, in Montagnola. Er dreht das Foto um, aber es steht kein Datum darauf. Es ist wohl im ersten Exiljahr aufgenommen, kurz nach der Abreise aus Arosa. Er nimmt die Leselupe vom Schreibtisch. Ja, es ist wohl das Frühjahr vor zwei Jahren, im März oder April, die Rosensträucher im Garten haben die ersten Knospen. Hesse und Ninon lächeln in die Kamera. Im Hintergrund kann man den Luganer See erahnen.

Hesse hat wirklich Glück mit seinem Haus. Am Südende des Dorfes am Hang gelegen, zweigeschossig und imposant, eigentlich zwei Häuser in einem. Ninon hat ihren eigenen Eingang und ihre eigenen Räume. Hesses Freund Bodmer hat es für ihn gebaut. Schön, wenn man solche Freunde hat. Von den Dorfbewohnern werde das Haus wegen des rötlichen Anstrichs Casa Rossa genannt, hat Hesse ihm während des Besuchs erzählt.

Sie hatten in der Bibliothek im Erdgeschoss gesessen, die großen Fenster gaben den Blick frei auf die kantigen, kaum begrünten Felsen des Monte Generoso. Später machten sie einen Rundgang durch den Garten, Ninon zeigte ihnen die Rosen und die Kirschbäume, es war ein warmer, beinahe sommerlicher Tag. Nach dem Spaziergang tranken die beiden Damen Tee in Ninons Salon, während Hesse ihm sein privates Atelier und das Arbeitszimmer im Obergeschoss zeigte. Er hat lange am Fenster gestanden und den herrlichen Blick über den See bewundert. Nach dem Mittagessen ruhte er sich in Hesses Schlafzimmer etwas aus, danach fuhren sie mit der Zahnradbahn auf den Monte Generoso, in der Ferne konnte man die schneebedeckten Gipfel der Bernina sehen.

Er ist neidisch gewesen, ihre eigene Bleibe in Lugano war deprimierend im Vergleich zu dem schönen, großzügigen Haus. Abgelegen und primitiv, mit einem lächerlich unzulänglichen Bad und unkomfortablen Zimmern. Gott sei Dank waren sie kurz nach dem Besuch in Montagnola umgezogen in ein besseres Hotel.

Er hat lange Gespräche geführt mit Hesse, über die politischen Zustände und über die Frage, was zu tun sei in dieser misslichen Lage. Hesse hat ernst und besorgt ausgesehen.

»Halten Sie sich da raus, lieber Freund«, sagte er, immer wieder und eindringlich. »Halten Sie sich da raus.«

Hesse würde ihm bestimmt die Leviten lesen wegen des Korrodibriefs. Er sieht es vor sich, Hesses hageres Gesicht noch schmaler als sonst, es würde Ermahnungen geben, Vorwürfe, vielleicht sogar mehr als das. Noch einen Freund verlieren, ist es das wert?

Aber Hesse hat leicht reden, wenn man nicht drinnen ist, ist das Raushalten nicht so schwierig. Hesse wohnt schon seit Jahrzehnten nicht mehr in Deutschland, ist Schweizer Staatsbürger geworden, lange bevor das Elend in Deutschland begann. Seine Bücher werden auch von Bermann verlegt, er hat eine deutsche Leserschaft, aber er wohnt nicht in der Heimat, will auch nicht zurück. Ja, gleichzeitig drinnen und draußen sein, das macht vieles einfacher.

Er legt das Foto zu den Zeitungsausschnitten und zieht die mittlere Schublade auf. Da ist er, der Durchschlag des Urlaubsbriefs, zerknittert, eine der zwölf Seiten ist eingerissen. Mit Bleistift hat Katja auf die erste Seite geschrieben: »abgeschickt an das Ministerium des Inneren am 23. April 1934«.

Man hat in Berlin damals nicht reagiert auf den Brief, aber vielleicht wäre man inzwischen eher geneigt, ihm einen Urlaub zu gönnen? Es sind immerhin zwei Jahre vergangen seither. Er kann den Brief nochmals abschicken, in leicht angepasster Form vielleicht. Er könnte erklären, dass er sich von allem fernhalten wolle, dass er Ruhe und Abstand brauche für seine Arbeit. Draußen sein und trotzdem ein bisschen drinnen bleiben, das müsste für Berlin doch auch eine akzeptable Lösung sein.

Er ist immer noch müde, der Kaffee hat nicht geholfen. Er legt den Urlaubsbrief in die Schreibmappe, für später, die halbdurchwachte Nacht macht das Nachdenken nicht einfacher. Er geht zum Diwan, schüttelt die beiden Kissen auf. Oder vielleicht doch besser nach oben ins Schlafzimmer? Das letzte Mal, als er auf dem Diwan geschlafen hat, hatte er hinterher zwei Tage Rückenschmerzen. Außerdem verknittert seine Anzughose. Also ins Schlafzimmer. Und dann kann er auch gleich Katja bitten, nach dem Handgelenk zu sehen.

Er bleibt vor dem Diwan stehen und lauscht. Irrt er sich, oder hat er die Türklingel gehört? Nein, das kann nicht stimmen, er erwartet keinen Besuch.

Er hört Schritte, dann klopft es an der Tür.

»Ja, was ist denn?«, sagt er.

»Ein Herr für Sie, Herr Doktor«, sagt Martha durch die geschlossene Tür, »ein Fotograf.«

Ach du lieber Himmel, das hat er ganz vergessen. Es sollen heute Mittag Fotos gemacht werden für eine amerikanische Zeitschrift.

»Sagen Sie ihm bitte, ich komme gleich. Und bringen Sie ihn schon mal in den Salon.«

3

»Sie sind nicht aus der Schweiz, oder?«, fragt der Fotograf.

»Nein«, antwortet er, »ich komme aus München.«

Er will noch etwas hinzufügen, lässt es dann aber, man kann in den gegenwärtigen Zeiten nicht vorsichtig genug sein, vielleicht ist der Kerl ja ein deutscher Spion. Der Fotograf hat zwar erzählt, dass er in Zürich geboren sei, und er hat auch einen Schweizer Akzent, aber trotzdem, es ist besser, nicht zu viel zu sagen.

Er ist jung, der Fotograf, bestimmt nicht älter als Ende zwanzig und viel zu modisch gekleidet. Eine eng taillierte hellbraune Jacke und spitz zulaufende Schuhe, braun-weiß gefleckt. Ein buntes Halstuch statt einer Krawatte. Das blonde Kinnbärtchen gibt seinem Gesicht einen affektierten Ausdruck.

»Aus München, aha«, sagt der Fotograf. »Wie meine Kamera.«

Der junge Mann schmunzelt, die zufällige Übereinstimmung der Herkunft von Kamera und Objekt scheint ihn zu amüsieren ...

»Es ist eine Linhof«, erklärt er in gewichtigem Ton.

»Linhof macht die besten Kameras der Welt. Sehen Sie hier, das Gehäuse, es ist ganz aus Metall und rundum mit Ziegenleder überzogen.«

Der Fotograf streicht liebevoll mit der Hand über das rechteckige Gerät. »Alles beste Qualität. Dreifacher Balgenauszug und ein Selar-Sucher, das kostet natürlich ein paar Mark extra, ist aber viel besser als der Ewon, der normal drin ist. Und die Standarte ist aus einem Stück gegossen, mit Triebzahnung und absolut sicher in der Schlittenführung. Wir wollen ja nicht, dass die Aufnahme verwackelt!«

»In der Tat, das wollen wir nicht«, antwortet er. Er hat nicht begriffen, was der Fotograf über die Kamera gesagt hat, er glättet die Krawatte und zupft das Brusttuch zurecht. Er hat bei der Morgentoilette nicht daran gedacht, dass er heute fotografiert wird, sonst hätte er die Barthaare noch gestutzt. Er fährt mit der Hand über den Schnurrbart, er hat das Gefühl, dass die Härchen nach allen Seiten abstehen.

»Sie bringen dieses Jahr eine neue auf den Markt, die Technika. Nicht billig, versteht sich, aber man darf nicht an der falschen Stelle sparen, also habe ich gleich eine bestellt.«

Der junge Mann sieht ihn nicht an, während er spricht, ist zu beschäftigt, die beiden Lehnstühle durchs Zimmer zu tragen. Es ärgert ihn, dass der Fotograf so selbstverständlich Besitz ergreift von seinem Wohnzimmer und seine Möbel verschiebt, ohne auch nur zu fragen.

»Sie schreiben Bücher, stimmt's?«, fragt der Fotograf, während er die zwei silbernen Leuchter und die Blumenvase vom Salontisch nimmt und auf den Boden stellt.

»Ja, ich …«, antwortet er.

»Mmh, Bücher schreiben, auch nicht einfach. Aber Sie scheinen ja ganz erfolgreich zu sein.«

Der Fotograf hat offensichtlich keine Ahnung, wer er ist. Wie peinlich. Gleich wird er ihn noch bitten, ihm die Titel seiner Bücher zu nennen. Aber der junge Mann fragt nicht weiter, räumt stattdessen weiter das Wohnzimmer um. Er trägt den Salontisch in die Mitte des Zimmers und stellt einen der Stühle neben das Fenster, kneift ein Auge zu, macht mit den Händen ein Viereck und schaut durch den imitierten Fotorahmen, läuft zurück hinter die Kamera und rückt das Stativ etwas nach rechts.

»Setzen Sie sich schon mal«, sagt er dann, wühlt in seiner großen Ledertasche und holt ein kleines schwarzes Kästchen heraus. »Dort, neben den Bücherschrank vors Fenster. Ich bin gleich so weit. Ich muss nur noch die Belichtung messen. Wir werden wahrscheinlich Blitzlicht brauchen, es ist leider ziemlich dunkel hier.«

Er setzt sich auf den angewiesenen Stuhl und schlägt die Beine übereinander. Er schielt in die schwarze Tasche, die der Fotograf auf den Boden gestellt hat. Zuoberst liegt eine Zeitschrift, *Kodak Magazine 3D*, dicke weißgerandete Buchstaben auf hellblauem

Untergrund. *January 1936.* Unter der Schrift ist eine Schlittschuhläuferin zu sehen, mit gespreizten Armen läuft sie über die Bahn, der schwarze Schatten der Figur wiederholt die Bewegung.

Nächste Woche werden in Garmisch-Partenkirchen die Olympischen Winterspiele anfangen, wahrscheinlich ist darum eine Eisläuferin auf dem Heft. Ein Riesenspektakel, das Ganze. Man hat extra für die Spiele Garmisch zusammengelegt mit Partenkirchen. Und es gibt einen kostenlosen Busservice für die Besucher, zur Eröffnungsfeier erwartet man fünfhunderttausend Zuschauer. Vielleicht wird sogar der neugekrönte englische König seine Aufwartung machen. Hitler glüht sicherlich schon vor Stolz.

Während er hier in Küsnacht sitzt und sich verteidigen muss, dass er noch mal nachdenken will über den Korrodibrief, reist der Rest der Welt zu den Nazispielen. Alle werden sie jubeln und feiern. Und in ein paar Monaten bei den Sommerspielen in Berlin wird's genauso sein.

Er würde gerne eine Zigarette rauchen, aber er hat das Etui im Arbeitszimmer liegen lassen. Vorsichtig bewegt er das linke Handgelenk, es knackst ein bisschen, und es schmerzt noch immer. Er faltet die Hände im Schoß und beobachtet den Fotografen, der geschäftig durchs Wohnzimmer läuft, an den Knöpfen der Kamera dreht, die Stirn runzelt und dann zum Fenster geht, um die Vorhänge zur Seite zu schieben. Was tut der Junge gewichtig.

Er wird nicht gerne fotografiert, die meisten Fotos von ihm sind nicht besonders gut. Er bevorzugt gemalte Portraits, aber die sind leider ganz aus der Mode gekommen. Ein Gemälde dauert länger, man kann die Entstehung davon mitverfolgen, kann sehen, wie sich die weiße Leinwand langsam verwandelt, und man kann noch Einfluss auf das Gemalte nehmen, wenn es einem nicht gefällt. Ein Foto ist schnell gemacht, und wenn es nicht gut ist, kann man nichts mehr daran ändern.

Das Foto heute ist für Amerika. Knopf hat ihn darum gebeten, der amerikanische Verleger will den neuen *Josephs*-Band in Amerika ganz groß rausbringen. Er meinte sogar, dass er dank des *Joseph* vielleicht an eine amerikanische Universität berufen werden könne. Doktor in Harvard sei er ja schon, hatte Knopf gesagt und gelacht.

Der Fotograf ist immer noch mit dem Einstellen der Kamera beschäftigt. Meine Güte, wie lange wird das denn noch dauern? Er schüttelt das schmerzende Handgelenk und klopft ungeduldig mit dem Fuß auf den Boden.

Ein Lehrauftrag in Amerika – keine schlechte Sache. Vielleicht sogar in Harvard. Bei der Verleihung des Ehrendoktors letzten Juni hatte er sich die Universität angeschaut und war beeindruckt. Ein schöner, sonnig-warmer Tag war es gewesen, Katja in einem dunkelroten Kleid mit weißer Jacke und einem rotgestreiften Hut. Er im Talar in den Universitätsfarben, *cap and gown*. Regalien nennen es die Amerikaner, merkwürdigerweise. Oder vielleicht ist das auch nicht so merkwürdig, ein Land, das keine Könige hat, muss sich eben welche machen.

Die Zeremonie dauerte lange, ihm war warm unter der schweren Robe, und die Quaste des Hutes wehte ihm beim Gehen immer wieder in die Augen. Er lief mit Einstein und den anderen durch den Saal, um seine Urkunde in Empfang zu nehmen, nach der Zeremonie gab es einen Empfang, der sich viel zu lange hinzog.

Der zweite Amerikaaufenthalt war überhaupt anstrengend, obwohl er selbst weniger aufgeregt war als beim ersten Besuch. Täglich musste er ermüdende Geselligkeiten und Stadtbesichtigungen über sich ergehen lassen, Hunderte von Büchern signieren, Interviews geben, und ständig wurden Fotos für amerikanische *magazines* gemacht. Jeden Tag Mittag und Abend gab es ein Essen mit amerikanischen Schriftstellern und Künstlern, alle Unterhaltungen mussten auf Englisch geführt werden, es war eine Tortur, Knopf hatte wirklich zu viel des Guten getan.

Und dann kam, gänzlich unerwartet und ungeplant, auch noch die Einladung ins Weiße Haus, ein häusliches *dinner* mit dem Präsidenten und seiner Frau. Knopf strahlte über das ganze Gesicht, als er ihm die Nachricht überbrachte. So etwas dürfe man keinesfalls abschlagen, sagte der Verleger, also flog er mit Katja von New York nach Washington. Zum ersten Mal in einem Flugzeug, eine eigentümliche Erfahrung, etwas beängstigend auch. Seine Ohren reagierten empfindlich und schmerzhaft auf den Luftdruck, die ruckartigen Stöße machten ihm ein wenig Übelkeit, er war froh, als er wieder festen Boden unter den Füßen hatte.

Tags darauf dann der Besuch im Weißen Haus. Der livrierte Butler, der sie in den Salon brachte, die herzliche Begrüßung durch Mrs. Roosevelt, die weniger hübsch war als auf den Fotos, aber elegant in einem schlichten grauen Kleid mit einer langen Perlenkette. Ihre liebenswürdige Bewunderung für seine Werke tat ihm wohl. Die *First Lady* führte sie durch die Räume, zeigte ihnen die *dining rooms* und die Silbersammlung, er war etwas benommen gewesen von all den Eindrücken.

Danach wurden sie im großen Speisezimmer vom Präsidenten empfangen. Roosevelt im Rollstuhl, feingliederig, mit aristokratischen Gesichtszügen, in einer samtenen Smokingjacke mit heller Hose, trotz seiner Lähmung voll Energie und etwas selbstherrlich. Er sprach mit Geringschätzung von der degenerierenden Demokratie, lachte viel, ein polterndes, amerikanisches Lachen. Das Essen war mäßig, die Unterhaltung mit dem Präsidentenehepaar strengte ihn an, und nach dem Kaffee folgte auch noch eine überlange Filmvorführung.

Am nächsten Morgen flog er mit Katja zurück nach New York, und wiederum folgten Tage mit endlos scheinenden Geselligkeiten. Nach zwei Wochen in Amerika hatte er genug und übergenug vom Trubel, von all den Empfängen und Reden. Was sollte das alles? Er war erschöpft und müde, wollte nach Hause, sein Bedürfnis nach Ruhe und Abgeschiedenheit war übermächtig, und er war erleichtert, als er sich Anfang Juli endlich auf die Rückreise machen durfte.

Der Katzenjammer nach der Rückkehr war groß. Er war so deprimiert und angeekelt von sich und der Welt, dass er nach der Heimreise einige Tage im Bett verbringen musste. Es war unnütz und schändlich, seine Zeit zu vergeuden mit diesen Eitelkeiten. Er schämte sich, dass er sich in all den Unfug hatte hineinziehen lassen, und nahm sich vor, dies nie, niemals wieder geschehen zu lassen. Arbeiten, nichts als arbeiten wollte er, und sich endgültig fernhalten von den weltlichen Dingen. Leider haben die guten Vorsätze nicht lange gehalten.

Das Repräsentieren machte ihm auch Spaß. Ehren und Würden, er hatte sie schließlich verdient, und es freute ihn, wenn er sie bekam. Doktor in Harvard, das war doch eine schöne Anerkennung und überdies ein Schlag ins Gesicht der Nazibande. Ja, er freute sich über diese Dinge, auch wenn er sich häufig ein Leben in Stille und Abgeschiedenheit wünschte. Zwei Seelen wohnen, ach, in meiner Brust.

»So, alles bereit«, sagt der Fotograf. Seine Stimme klingt dumpf, Kopf und Oberkörper sind unter einem dunkelbraunen Tuch verschwunden, das am hinteren Teil der Kamera befestigt ist. Nur die rechte Hand des jungen Mannes ragt heraus.

»Den Kopf ein bisschen nach links drehen.« Die Hand macht eine Bewegung zum Fenster.

»Ja, das ist gut. Sehr gut. So bleiben.« Die Hand verschwindet unter dem Tuch. »Nicht bewegen.«

Das Blitzlicht blendet ihn, er schließt unwillkürlich die Augen, sieht kleine tanzende Dreiecke. Er öffnet die Augen und blinzelt.

»Und jetzt direkt in die Kamera schauen«, sagt der Fotograf. Die Hand kommt wieder heraus und deutet mit dem Zeigefinger auf die Kamera.

Er blickt in das runde, leere Auge des Fotogeräts. Wieder das Blitzlicht.

»So, das war's schon«, sagt der Fotograf, »alles im Kasten.« Er kommt unter dem Tuch hervor und lacht, seine Haare sind etwas in Unordnung.

»Ich packe nur schnell zusammen, und dann bin ich weg.« Er verstaut die Kamera und das schwarze Tuch in der Ledertasche, klemmt sich das Stativ unter den Arm.

»Nicht nötig, ich finde schon selber hinaus«, sagt der Fotograf, als er mit ihm zur Haustür gehen will. Er winkt kurz mit der freien Hand, ruft »Auf Wiedersehen!«, und weg ist er.

Was für ein ungehobelter Klotz! Er hat ihm noch nicht einmal die Hand gegeben zum Abschied. Und die Unordnung, die er zurückgelassen hat! Die Stühle stehen kreuz und quer im Zimmer, die Silberleuchter liegen auf dem Boden, das Salontischchen steht verloren in der Zimmermitte.

Wenigstens hat das Ganze doch weniger lange gedauert, als er gedacht hat. Vier Uhr, er hat noch Zeit, sich hinzulegen. Er muss zwar auch noch die Radiosendung für morgen vorbereiten, aber das kann bis nach dem Tee warten. Oder notfalls bis nach dem Abendessen. Ja, eine halbe Stunde ausruhen, das wird ihm guttun. Und besser auf dem Diwan im Arbeitszimmer, trotz der Rückenprobleme und des zerknitterten Anzugs. Wenn er sich jetzt ins Bett legt, wird er mit Sicherheit zu lange schlafen.

Er geht zur Küche, um Martha zu sagen, dass sie das Wohnzimmer aufräumen soll.

4

Zum Donnerwetter, was ist denn das für ein Lärm? Geklapper und laute Rufe auf dem Gang, direkt vor seiner Tür. Das ist doch unerhört, kann man sich denn nicht einmal eine halbe Stunde ungestört ausruhen? Er war gerade ein bisschen eingeschlafen. Er dreht sich auf die Seite und schließt wieder die Augen, aber es hilft nichts, die Ruhe ist hin. Er will wissen, was da draußen los ist. Er streicht sich die Haare glatt und geht zur Tür.

Martha kniet vor dem Esszimmer auf dem Boden und fegt die Scherben einer Glasschale zusammen. Sie sieht ihn entschuldigend an. Er sagt nichts, schüttelt nur den Kopf. Martha ist manchmal wirklich ein unglaublicher Tollpatsch, und die Glasschale ist bestimmt teuer gewesen.

Er unterdrückt ein Gähnen, aber schlafen kann er jetzt nicht mehr. Bei Katja liegt jede Menge Korrespondenz, die auf Antwort wartet. Er mag das Briefeschreiben nicht mehr. Die Zeiten, da er jeden Brief noch selbst beantworten konnte, sind schon lange vorbei, es sind einfach zu viele. Vielleicht geht es Katja inzwischen besser, dann kann er ein paar Briefe diktieren.

»Ist meine Frau noch oben?«, fragt er.

Martha schüttelt den Kopf.

»Die Frau Doktor ist vor ein paar Minuten heruntergekommen«, antwortet sie, »ich habe sie gerade in der Halle gesehen.«

Er nickt und geht auf Zehenspitzen an Martha vorbei. Die Glasscherben sind bis in die Halle weggespritzt. Im Gang ist es dunkel, er kann Katja nur schemenhaft erkennen. Erst als er näher kommt, sieht er, dass sie telefoniert.

Sie bemerkt ihn nicht, hat die Augen geschlossen und hält den Hörer ein paar Zentimeter vom Ohr weg. Erikas aufgeregte Stimme tönt ihm entgegen, hoch und laut, sie kreischt beinahe.

»– endlich, und jetzt will er den Brief wieder zurückziehen. Er ist ja genauso schlimm wie Gustaf! Ich bin nur ein Künstler, dass ich nicht lache! Wie soll –«

Er hält sich die Ohren zu und flüchtet zurück ins Arbeitszimmer, lehnt sich mit dem Rücken gegen die geschlossene Tür. Warum hat Katja Erika erzählt, dass er den Brief nicht veröffentlichen wird? Es ist ja noch gar nichts entschieden, er hat bloß etwas mehr Zeit nötig.

Außerdem stimmt es nicht, was Erika da gesagt hat. Er ist nicht wie Gustaf. Ganz und gar nicht! Gründgens ist ein Schmeichler, nur auf seinen eigenen Vorteil bedacht, ein Schauspieler eben. Er hat ihn von Anfang an nicht gemocht. Zu glatt, zu hübsch, zu sehr von sich eingenommen. Was Erika an diesem Schönling fand, er hat es nie verstanden.

Sie passen doch überhaupt nicht zusammen, hatte er zu Katja gesagt, nachdem Erika ihnen von den Heiratsplänen erzählt hatte, Erika sei viel zu gut für diesen Taugenichts. Aber Erika hatte schon immer ihren eigenen Willen gehabt, also wurde geheiratet.

Er geht zum Schreibtisch, nimmt das Foto von der Hochzeitsfeier aus der Schublade. Die beiden sehen glücklich aus. Gustaf schaut keck in die Kamera, ein Glas Champagner in der Hand, er prostet dem Zuschauer zu. Erika lächelt und sieht ihren frischgebackenen Ehemann verliebt an. Keine drei Jahre später waren sie schon wieder geschieden. Und jetzt ist der Mann Intendant in Berlin und spielt da den Hamlet und den Faust. Ein Lakai der Nazibonzen ist er geworden, genau wie Furtwängler und Strauss. Staatsrat Gründgens. Widerlich.

Eri und Gustaf, das glückliche Paar. Was für ein Unsinn. Wie betrügerisch Fotografien doch sind. Ohne Tiefe und ohne Schattierung. Er legt das Foto zurück in die Schublade und steht auf. Er spürt wieder diese Unruhe im rechten Bein. Er spannt die Beinmuskeln an und geht auf und ab, um das Bein zu beruhigen.

Fotos von Hochzeiten und Taufen, Geburtstagsfeiern und Preisverleihungen. Glückliche, strahlende Momente. Aber das wirkliche Leben findet in den vielen Momenten dazwischen statt, die auf keinem Foto zu sehen sind.

Er hat nur wenige Fotos aus den Münchner Jahren hier, die meisten sind zurückgeblieben, aber er trauert den Fotoalben nicht nach. Irgendjemand hat einmal behauptet, es gäbe zwei Sorten Emigranten, die mit und die ohne Fotos. Die ohne Fotos seien am ärmsten dran, der Mensch brauche Fotos als Beweis für die eigene Existenz. War es Klaus, der das gesagt hatte? Gut möglich, der Junge ließ sich ständig fotografieren.

Er selbst hat sich nie viel aus Fotografien gemacht. Obwohl. Die beiden Fotos von Medi und Katja auf seinem Schreibtisch sind ihm wichtig, er hat sie vermisst und war froh, als er sie zusammen mit den anderen Münchner Sachen wiederbekam.

Wie würde die Welt sich an ihn erinnern? An welches Bild von ihm? Was bleibt, ist das Werk. Und wenn man Glück hat, wird es geschätzt. Die Mühsal, die Kämpfe, die Entbehrungen, davon weiß niemand etwas. Vielleicht sollte er die Tagebücher doch eines Tages veröffentlichen. Die Notizen haben zwar keinen dichterischen Wert, aber etwas vom wirklichen Leben findet sich darin immer. Nur, wen interessiert das schon?

Er bleibt vor dem Hofmanngemälde stehen. Das Bild hängt ein wenig schief, wenige Millimeter nur, aber doch sichtbar. Das Handgelenk schmerzt sofort wieder, als er das Bild zurechtrückt. Er geht ein paar Schritte zurück und betrachtet das Bild mit zusammengekniffenen Augen. Ja, so ist es besser.

Mehr als zwanzig Jahre ist es her, dass er das Gemälde gekauft hat. Er versteht nicht viel von Malerei, er ist kein Sammler. Aber dieses Bild hat ihn bezaubert.

Langsam zeichnet er mit dem Finger die Umrisse der nackten Figuren nach. Es gibt so vieles, das nicht gelebt wird.

Klaus und Erika machen es sich da einfacher. Eri sei noch immer mit der Giehse verbandelt, hat Katja ihm vor kurzem erzählt. Und auch Klaus hält mit seinen zahllosen Liebschaften nicht hinterm Berg, trotz seiner merkwürdigen Vorliebe für Matrosen und einfache Burschen.

Und er? Er lebt, um zu schreiben. Schon seit mehr als vierzig Jahren, das ist ein halbes Menschenleben. Schreiben und leben, man kann eben nicht beides haben. Er hat sich fürs Schreiben entschieden. Was hätte er auch anderes machen sollen? In der Schule hatte er nicht getaugt, Kaufmann wollte er nicht werden, ein halbes Jahr Volontär bei einer Versicherung, danach hatte er genug gehabt. Ein Dichterfürst ist er geworden, so hat er's gewollt, und dafür hat er sich all die Jahre jeden Tag eine paar Zeilen abgerungen. Soll das jetzt alles umsonst gewesen sein?

Er geht zum Schreibtisch und nimmt den Entwurf des Urlaubsbriefes aus der Mappe. Es ist ein guter Brief, aber die Urlaubsidee ist unsinnig. Die Wirklichkeit holt einen doch immer wieder ein, es gibt keinen Urlaub vom Leben.

Es klopft an der Tür.

»Ja?«, ruft er.

Katja kommt herein, sie hat ihren Mantel über dem Arm.

»Ich fahre doch nach Zürich, zur Schneiderin. Ich bin wieder ganz munter«, sagt sie. »Kommst du mit?« Er nickt und steht auf. Zürich, ja, eine gute Idee. Dann kann er einen Tee im Baur au Lac trinken. Oder einen Wermut. An der Tür dreht er sich um, geht zurück zum Schreibtisch. Er zögert kurz, dann legt er den Urlaubsbrief zurück in die Schublade.

5

Der Ober bringt ihm einen Wermut und die Zeitungen. Er ist klein und rundlich, hat ein freundliches Gesicht mit roten Apfelbäckchen und einer hohen Stirn. Er hält den linken Arm hinter dem Rücken, als er das Glas auf den Tisch stellt und die Leselampe näher an den Tisch heranrückt, und verabschiedet sich dann mit einer kleinen Verbeugung.

Er hatte gehofft, der hübsche Kellner, den er so gerne mag, würde ihn bedienen, aber der junge Mann muss die Tische im Restaurant decken. Schade. Er zieht die Uhr aus der Westentasche. Kurz nach sechs. Katja hat ihm versprochen, dass sie ihn um halb sieben hier abholen würde. Sie wolle nach der Schneiderin noch kurz bei einer kranken Bekannten vorbeischauen. Er nimmt einen Schluck Wermut. Der erste Schluck ist immer der beste. Der herb-süße Kräuterduft, der in der Nase kitzelt, die angenehme Wärme, die sich langsam von der Kehle in den Magen ausbreitet.

Von seinem Tisch in der Ecke neben dem Empfang kann er die Halle überblicken bis zum Eingang am anderen Ende. Es macht ihm nichts aus, auf Katja zu warten, er sitzt gern hier. Als er zum ersten Mal im Baur au Lac zu Gast war, damals auf der Hochzeitsreise, war er ganz überwältigt gewesen von der Pracht. Auch heute noch ist es eines seiner Lieblingshotels. Die livrierten Diener, die dicken Teppiche, die tiefen Fauteuils, die Kristalllüster, alles strahlt Ruhe und Eleganz aus.

Ein Kellner mit einer langen weißen Schürze über dem schwarzen Anzug trägt eine Vase mit Gerbera ins Restaurant. Ein üppiger Strauß, hellrote und weiße und gelbe Blüten, das Gesicht des Mannes ist halb hinter den Blumen verborgen. Katja hatte letztes Jahr vorgeschlagen, Gerbera im Garten anzupflanzen, aber er kann die Blumen nicht ausstehen. Friedhofsblumen, hatte er gesagt, schon ihr Geruch erinnere ihn an Tod und Verfall. Katja war ärgerlich geworden, aber sie hatte nicht darauf bestanden und stattdessen Rosenstöcke pflanzen lassen, halbhoch, mit gelben Blüten, und einen Holunderstrauch.

Er schiebt mit der bandagierten Hand die Zeitungen auf dem Tischchen zur Seite. Katja hat ihm vor der Fahrt nach Zürich eine Bandage angelegt. Er hatte Mühe, sich den Mantel zuzuknöpfen, und ihr dann doch erzählt von seinem Missgeschick.

Er ist froh, dass es Katja wieder bessergeht. Auf der Fahrt hatte sie von dem Kleid erzählt, das bei der Schneiderin zur Anprobe bereitlag, und von dem neuen Wintermantel. Vom Telefonat mit Erika kein Wort. Unglückselige Martha! Wenn sie die Glasschale nicht zerbrochen hätte, wäre er nicht aufgewacht und hätte nichts gewusst von dem Telefonat. Ja, wenn, wenn, wenn.

Er räuspert sich, schüttelt ungeduldig den Kopf. Solche Gedanken sind reine Zeitverschwendung. Er nimmt einen Schluck Wermut, zündet sich eine Zigarette an und wedelt mit der Hand den Rauch weg, der in kleinen Schwaden durch die Luft tänzelt.

Die Hotelhalle ist beinahe leer, außer ihm sind ein junges Pärchen und eine Dame in einem dunkelgrauen Pelzmantel die einzigen Gäste. Die beiden jungen Leute trinken Bier. Die Dame im Pelzmantel hat Tee bestellt. Sie hält die Tasse mit der linken Hand und spreizt den kleinen Finger ab. Der rundliche Ober serviert ihr ein großes Stück Torte, es sieht aus wie Schwarzwälder Kirsch.

Ob er sich auch einen Kuchen bestellen soll? Nein, besser nicht, der Magen ist noch immer nicht ganz in Ordnung. Er trinkt sein Glas leer und winkt dem Ober. Er bestellt noch einen Wermut. Um den Magen zu beruhigen. Der Ober nimmt das leere Glas und den Aschenbecher mit und kommt kurz darauf zurück, bringt ihm seinen Wermut und einen sauberen Aschenbecher; er verrichtet alles lächelnd und ohne ein Wort zu sagen und verabschiedet sich wiederum mit einer kleinen Verbeugung.

Ein Aufenthalt in einem schönen Hotel wie diesem ist immer der beste Teil seiner vielen Vortragsreisen. Im übrigen sind diese Reisen vor allem beschwerlich, etwas, das überstanden werden will. Und das tat er brav, er hatte bisher immer seinen Mann gestanden, auch auf den beiden Amerikareisen. Die Vorträge selbst machten ihm dagegen meist viel Freude. Die Begeisterung der Zuhörer über das Vorgelesene, der Moment der Stille nach dem letzten Satz, und dann der Applaus des Publikums.

Er legt die halbgerauchte Zigarette in den Aschenbecher und nippt an seinem Wermut. Wie still es hier ist. Die dicken Teppiche verschlucken die Geräusche der Welt.

Damals, als er Katja in Davos im Sanatorium besuchte, hatte er sich der Verlockung der dicken Teppiche schnell wieder entzogen, drei Wochen in der Abgeschiedenheit waren mehr als genug für ihn, er hatte nicht das Bedürfnis gehabt, der Gegenwart zu entfliehen. Heute dagegen, wer weiß, was er täte, wenn er die Möglichkeit dazu hätte.

Eine Ehepaar mit zwei Kindern geht an ihm vorbei zum Empfang. Der Mann tupft sich den Schweiß von der Stirn. Seine Frau ist hübsch anzusehen in ihrem dunkelblauen Kostüm und mit einem kecken Hut. Sie haben viel Gepäck, große braune Koffer mit Metallecken und kleine bestickte Reisetaschen. Der Portier ruft fingerschnippend zwei *bellboys* heran, die das Gepäck zum Aufzug tragen. Die junge Frau gibt ihnen Anweisungen auf Französisch. »Oui, merci«, hört er und »faites attentin«.

Die beiden Kinder, ein Junge und ein Mädchen, lachen und laufen aufgeregt um ihre Eltern herum. Der

Junge ist klein und pummelig. Er trägt einen Matrosenanzug, die Hosenbeine sind zu kurz. Das Mädchen ist etwas älter als der Bub, vielleicht zwölf oder dreizehn, aber noch kindlich, mit langen Zöpfen und einem teigigen, nichtssagenden Gesicht. Sie holt einen kleinen Hund aus einer der Reisetaschen und setzt ihn auf den Boden. Ein weißes Wollknäuel mit einer schwarzen Knopfnase. Der Hund kommt neugierig auf ihn zu, die Leine hinter sich her ziehend, schnuppert an seinem Hosenbein. Die Mutter ruft den Hund zurück und macht eine entschuldigende Gebärde.

»Pas de problème«, sagt er freundlich, aber er weiß nicht, ob sie ihn gehört hat.

Eine Frau kommt durch die Eingangstür. Er hebt die Hand, um ihr zu winken, aber er hat sich getäuscht, es ist nicht Katja. Die Frau läuft durch die Halle zum Empfang, verstaut einen Zimmerschlüssel in der Handtasche und geht zum Aufzug. Ein leises ›pling‹ ertönt, als die Aufzugstüren sich öffnen.

Er schaut erneut auf die Uhr. Katja hat sich verspätet, es ist schon beinahe sieben. Wahrscheinlich hat der Besuch bei der kranken Freundin länger gedauert als erwartet.

Wenn sie da ist, muss er zurück in die Welt. Eine Entscheidung treffen. Vielleicht hat er die Idee mit dem Urlaubsbrief doch zu schnell verworfen? Aber nein, er darf nicht in der Vergangenheit hängen bleiben. Außerdem, ein Zerwürfnis mit Eri, das wäre nicht auszuhalten. Er schließt die Augen.

Als er sie wieder öffnet, sieht er Katja durch die Halle auf ihn zukommen. Sie trägt den neuen Wintermantel, dunkelgrau, mit langem Revers. Sie sieht fröhlich und gutgelaunt aus, und der neue Mantel steht ihr gut. Er winkt und ruft den Ober herbei.

Abends

› 1 ‹

Er knipst das Licht aus und tastet sich im Dunkeln zum Fenster. Die Luft im Arbeitszimmer ist abgestanden, es riecht nach kaltem Zigarettenrauch. Er hat heute Morgen wieder zu viel geraucht und vergessen, das Zimmer zu lüften.

Er ist nach der Rückkkehr aus Zürich gleich ins Arbeitszimmer gegangen, um die Radioaufnahme für morgen vorzubereiten, aber er kann sich nicht recht entscheiden, welchen Text er lesen soll. Das Hebsedritual vielleicht? Die Feier zu Ehren des Pharao im fünften Hauptstück ist ein guter Stoff zum Vorlesen, lebendig und feierlich zugleich, aber auch nicht einfach.

Er öffnet das Fenster. Die Nacht ist sternenklar, der Nebel von heute Nachmittag ist verschwunden, und es ist keine Wolke am Himmel. Der halbe Mond leuchtet hell über den kahlen Zweigen des Birnbaums. Anfang des Monats hat es eine totale Mondfinsternis gegeben, er hätte sie gerne mit eigenen Augen gesehen, es muss ein denkwürdiges Schauspiel gewesen sein.

Er sollte sich wirklich um die Aufnahme für morgen kümmern, statt hier am Fenster rumzustehen und seine Zeit mit Sternengucken zu vertun. Auf geht's, zurück an die Arbeit! Aber er bleibt bewegungslos stehen.

Vielleicht hat er ja Glück und sieht eine Sternschnuppe, ein bisschen extra Hilfe von oben wäre kein Schaden. Er beugt sich aus dem Fenster, um besser sehen zu können. Es glitzert und funkelt, unzählige kleine Lichter, jedes Licht eine Welt für sich.

Man fühlt sich unbedeutend und nichtig, wenn man sich die Erde zwischen all den anderen Gestirnen vorstellt. Ein klitzekleines Sandkorn, nicht mehr. Und ein Menschenleben ist nicht einmal ein Blinzeln in der Gewaltigkeit des Weltalls. Da draußen würde es niemanden kümmern, wenn er den Brief an Korrodi nicht veröffentlichen würde. Nein, ganz gewiss nicht. Was er tut oder nicht tut, im Großen Ganzen spielt das alles nicht die geringste Rolle. Aber so darf man natürlich nicht denken. Dann wird alles, was hier auf der Erde geschieht, bedeutungslos. Ihn fröstelt, aber er kann sich nicht losreißen.

Der helle Stern dort in der Ferne, das muss der Polarstern sein. Wie wundersam ist es doch, dass alles, was man da am Himmel leuchten sieht, schon längst Vergangenheit ist. Mit unvorstellbarer Geschwindigkeit rast das Sternenlicht durch Raum und Zeit, es wird einem schwindlig, wenn man sich's vorzustellen versucht. Kein Wunder, dass die Menschen früher dachten, dass man die Schnellheit des Lichts nicht messen kann. Bis Galileo, der schon die Schallgeschwindigkeit gemessen hatte, das Gleiche mit dem Licht machen wollte. Mit zwei Laternen, die er auf zwei weit voneinander entfernte Hügel tragen ließ. Aber das Licht war einfach zu schnell, viel schneller noch als der Schall.

Vielleicht gibt es den Stern, der ihm von da oben so schön entgegenstrahlt, heute gar nicht mehr. Vielleicht ist er längst zu Staub und Asche geworden, während sein Licht immer noch auf dem Weg ist nach Küsnacht, hier zu ihm. Der Gedanke, dass man etwas sieht, das es nicht mehr gibt, macht einen ganz wirr im Kopf.

Und seit Einsteins neuer Theorie muss man sich auch noch damit abfinden, dass die Lichtschnellheit das Einzige ist, das unveränderlich ist und immer und überall gleich bleibt. Alles andere ist relativ, sogar die Zeit.

Ein merkwürdig verschrobener Kerl, dieser Einstein. Die blanken kugelrunden Kinderaugen schauen drein, als würde er sich ständig über etwas wundern, und die Haartolle gibt ihm einen verwilderten Ausdruck. Seine äußerliche Erscheinung kümmert ihn ganz offensichtlich wenig. Ungepflegt ist er und wenig würdevoll, trotz seines Nobelpreises. Und von Literatur hat er offensichtlich nicht viel Ahnung.

Bei der Ehrendoktorverleihung in Harvard hat er die ganze Zeit über gekichert und unsinnige Witze erzählt. Er wohnte seit ein paar Jahren in Princeton, aber es schien ihm nicht besonders zu gefallen dort. Er mokierte sich über den Snobismus, das Elitäre, das alberne *Ivy League*-Gehabe. Princeton sei ein zeremonielles Krähwinkel, hatte Einstein gebrummt, viel Etikette, aber eben doch ein Krähwinkel. Und über seine Kollegen hatte er auch nicht viel Gutes zu sagen. Die altgedienten Professoren seien allesamt alberne Sockenträger, stelzbeinige Halbgötter. Und die jüngeren Wissenschaftler würden sich hinter seinem Rücken über ihn lustig machen, davon sei er überzeugt.

Das alles hatte seinem Arbeitsdrang aber offenbar nichts anhaben können. Er wolle wissen, was der Alte mit dem Universum vorhabe, hat Einstein ihm beim Empfang nach der Verleihung zugeflüstert, er müsse herausfinden, wie alles zusammenpasse. Er erzählte von seiner Relativitätstheorie, murmelte unverständliche Dinge über Zeit und Raum vor sich hin und wedelte dabei mit den Armen. Beinahe hätte er ein Tablett mit Gläsern umgeworfen.

Die Details von Einsteins Theorie hat er nicht recht verstanden, und sie hatten ihn auch nicht besonders interessiert. Dass die Zeit relativ ist, war nichts Neues für ihn. Um es zu begreifen, brauchte er die Wissenschaft nicht.

Ereignisreiche Tage gaben dem Zeitempfinden Breite, Tiefe und Gewicht. An einem fremden Ort, zum Beispiel, wurde die Zeit lang, nicht weil man sich langweilte, sondern weil die neuen Eindrücke die Zeit gleichsam verlängerten. Ereignisreiche Jahre vergingen daher viel langsamer als die leeren, monotonen Jahre des Nichtstuns.

Er schließt das Fenster und wickelt sich in die Decke im Lesestuhl. Wenn er morgen die Radiosendung aufnehmen wird, dann wird er im Hier und Jetzt in den Raum hineinsprechen, zu Zuhörern in der Zukunft. Seine Stimme wird in der Zeit festgefroren werden, und man wird sie hören können, auch nachdem er selbst schon lange zu Staub geworden ist. Mit seinen Büchern ist es natürlich im Grunde genauso, er schreibt im Hier und Jetzt für einen Leser in der Zukunft.

Auf der Schiffsreise nach Amerika war er gewissermaßen zurückgereist in der Zeit. Das Schiff bewegte sich vorwärts im Raum und rückwärts in der Zeit. Jeden Abend erinnerte eine schwarze Tafel in der großen Halle die Reisenden daran, die Uhr eine halbe Stunde zurückzustellen.

Was wäre, wenn man hinaus in den Weltraum reisen könnte, weiter und immer weiter, schneller und immer schneller, und dann wieder zurückkehren würde zur Erde, würde man dann in der eigenen Vergangenheit ankommen? Ein beunruhigender Gedanke, der die Vorstellungskraft übersteigt.

Und außerdem, was würde es nützen, wenn man in die Vergangenheit reisen könnte? Würde er etwas anders machen in seinem Leben, wenn er die Möglichkeit hätte, zurückzugehen in der Zeit? Ein anderes Leben führen, andere Bücher schreiben? Wahrscheinlich nicht. Selbst dann nicht, wenn er alles, was er jetzt wusste, in die Vergangenheit würde mitnehmen dürfen. Er würde die gleichen Bücher schreiben, vieles würde wiederum zu spät erscheinen und überholt sein, schon während er es aufschrieb.

Ja, die Tagebücher, die würde er nicht wieder zurücklassen in München. Verbrannt hätte er sie, die vermaledeiten Hefte. Das hätte ihm immerhin Monate von Sorgen und schlaflosen Nächten erspart. Aber viel ändern würde auch das am Ende nicht, nichts Grundsätzliches jedenfalls.

Selbst wenn er in Deutschland geblieben wäre, in diesem anderen Leben, wenn er aus irgendeinem Grund die Reise nach Arosa nicht angetreten hätte vor drei Jahren, es hätte nicht geholfen. Die Heimat wäre ihm dann genauso fern gewesen wie hier in der Fremde. Und was hätte er getan, wenn er drinnen geblieben wäre? Wäre er ein Ofenhocker des Unglücks geworden? Fernab von den Ereignissen, in Stille an der Arbeit, unbeteiligt und von niemandem beachtet? Wohl kaum. Das hätte nicht zu ihm gepasst.

Die Erinnerung an Deutschland ist ein wehmutsvolles Gedenken, eine Erinnerung an vergangene Zeiten. Zeiten, die nicht wiederkommen werden. Wie hat Proust gesagt? »Die Wirklichkeit, die ich kannte, existierte nicht mehr.«

Nein, er will nicht zurück können ins heutige Deutschland, er will, dass die Heimat sich wieder zurückverwandelt in das Land, das es einmal war. Sein Heimweh ist ein Weh in der Zeit, nicht im Raum, und sein Bleiben in Deutschland hätte daran nichts ändern können.

Er knipst die Leselampe an und sieht auf die Uhr. Er hat noch Zeit, sich vor dem Abendessen eine halbe Stunde die Beine zu vertreten; und die Radiosendung kann auch bis nach dem Essen warten.

2

Er schließt die Wohnungstür und lässt Toby von der Leine, reibt sich die klammen Hände. Toby macht Bocksprünge durch die Halle und lässt sich dann mit einem Plumps in den Hundekorb fallen.

Das Wetter ist einfach zu unwirtlich für einen langen Abendspaziergang, ein plötzlicher scharfer Wind hat ihn bereits nach einer Viertelstunde wieder nach Hause getrieben. Er hat wohl auch zu lange am offenen Fenster gestanden, ihm war bereits kalt, bevor sie losgingen.

Er wäscht sich in der Küche die Hände, sieht kurz durch den Stapel Briefe, die auf dem Garderobentischchen liegen, und geht hinüber ins Esszimmer. Katja hat schon den Tisch gedeckt. Martha geht früh nach Hause am Samstag, dann macht Katja das Abendessen selbst.

Sardinen, gekochte Eier und Schinkenbrot, dazu Bier und Limonade. Er muss immer wieder schmunzeln, wenn er in irgendeinem Zeitschriftenartikel liest, dass der Journalist überrascht ist über die einfachen Mahlzeiten. Offensichtlich erwarten die Leute, dass man im Haus des Nobelpreisautors jeden Abend Kaviar isst und Champagner trinkt oder teuren französischen Wein.

Die Leute haben ja wirklich keine Ahnung. Champagner gibt es nur zu Festtagen, zu Weihnachten, zu Geburtstagen und zu Silvester, und aus französischem Wein macht er sich sowieso nicht viel. Likör, ja, der muss aus Frankreich sein, obwohl der sündhaft teuer ist.

Er setzt sich an den Esstisch und nimmt sich ein großes Schinkenbrot und ein Ei von der Platte. Katja schenkt ihm ein Bier ein und setzt sich ihm gegenüber.

Merkwürdig, auch heute, wo sie nur zu zweit sind, sitzen sie auf ihren angestammten Plätzen, einander gegenüber, mit zwei leeren Plätzen zwischen ihnen, wo sonst Medi und Bibi sitzen. Er vermisst die Kinder, das Haus ist so leer ohne sie. Die beiden Kleinen haben wahrscheinlich viel Spaß in Basel und vermissen die Eltern kein bisschen.

»Zum Wohlsein«, sagt er und trinkt einen Schluck Bier.

Katja hebt ihr Glas, aber sie trinkt nicht. »Eri hat heute Mittag angerufen.« Ihre Stimme klingt beiläufig. »Sie wollte wissen, wie es steht mit dem Brief an Korrodi.«

Er sieht auf seinen Teller. »Ich werde den Brief wohl aufs Geratewohl bestehen lassen«, antwortet er leichthin.

Katja zieht die Augenbrauen hoch, aber sie fragt nicht weiter. Sie erzählt stattdessen vom Besuch bei ihrer kranken Bekannten. Es gehe ihr gar nicht gut, die Arme sei ganz mager geworden, der Husten würde einfach nicht besser, und die Ärzte wüssten sich keinen Rat.

Er nickt hin und wieder und sagt: »Mmh, das tut mir leid, ja, schlimme Sache«, aber er hört nur mit halbem Ohr zu. Er hat plötzlich keinen Hunger mehr, obwohl er schon heute Mittag kaum etwas gegessen hat.

In München war immer die ganze Familie zusammengekommen zum Mittag- und Abendessen. Wenn der Gong in der Halle ertönte, versammelten sich alle im Esszimmer. Es wurde viel gelacht und erzählt, es war immer etwas los. Vor allem Erika und Klaus hatten viel zu erzählen, von ihren Reisen und Projekten, sie hatten ständig neue Pläne, eine Theatervorstellung, eine Lesereise nach Amerika.

Seit die vier Älteren aus dem Haus sind, sieht er sie immer weniger. Monika und Golo kommen nur noch selten nach Hause. Man muss froh sein, wenn sie zu Weihnachten erscheinen. Golo hat eine Stelle in Rennes angetreten, es scheint ihm zu gefallen dort, aber Rennes ist eben weit weg. Und der Umgang mit Monika ist schwierig, sie und Katja kommen schon seit einiger Zeit nicht gut miteinander aus. Ihre Briefe aus Florenz sind wirr und vorwurfsvoll, meist versteht er nicht recht, worum es geht.

Erika ist ganz aufgegangen in ihrem Kabarett, sie arbeitet sich halb tot, schreibt Texte, entwirft die Kostüme, führt Regie, ihre Arbeitslust ist schier grenzenlos. Die Truppe spielt überall in der Schweiz, und letztes Jahr waren sie auf Tournee durch die Tschechoslowakei.

Kurz nach dem Einzug in Küsnacht war die erste Schweizer Premiere gewesen, im Hotel Hirschen in Zürich. Er saß zusammen mit Katja und Medi im Publikum, er war nervös, hoffte, dass alles gutgehen würde. Erika machte ihre Sache großartig, sie war zur Conference geboren, wie viel Talent sie doch hatte! Auch Eris Freundin Therese war sehr eindrucksvoll als Frau X, sie sang die Lieder mit rauchiger, herber Stimme, es lief ihm kalt den Rücken hinunter. Das Publikum war ganz aus dem Häuschen.

Er hatte Tränen in den Augen, als Erika am Ende der Vorstellung den »Emigrantenchoral« von Walter Mehring sang: »Die ganze Heimat und das bisschen Vaterland, die trägt der Emigrant von Mensch zu Mensch, von Ort zu Ort, an seinen Sohl'n, in seinem Sacktuch mit sich fort.«

Nach der Vorstellung war er hinter die Bühne gekommen, um Eri zu beglückwünschen. Eine der Sängerinnen tanzte, nur mit einem gelbseidenen Höschen bekleidet, durch den Korridor, drückte ihm ein Glas Champagner in die Hand und küsste ihn auf die Wange. Erika lachte über seinen verdatterten Gesichtsausdruck, er rieb sich den Lippenstift von der Wange und fragte, mehr verdutzt als schockiert: »Läuft sie immer so nackert herum?«

Das Kabarett war so erfolgreich, dass Erika hoffte, man würde sie auch nach Amerika einladen. Jetzt spielte sie immerhin in der Nähe, in Basel, und sie kam zwischendurch oft kurz nach Küsnacht. Übernächste Woche würde sie wiederkommen, sobald sie die Vorstellungen in Basel hinter sich hatte.

Auch Klaus war ständig unterwegs, reiste von einem Hotel zum nächsten, Prag, Wien, Paris, man wusste nie genau, wo er sich herumtrieb. Er machte sich Sorgen um den Jungen. Als er im November in Küsnacht war, hatte er einen nervösen Zusammenbruch, hatte mehrere Tage weinend im Bett verbracht. Die Drogen würden ihn eines Tages noch umbringen, Morphin und Amphetamine und Gott weiß, was der Junge sonst noch nahm.

»Du isst ja gar nichts«, sagt Katja über den Tisch hinweg, »schmeckt's Dir nicht?«

»Doch, doch«, antwortet er, »der Schinken sieht sehr gut aus.« Er nimmt einen Bissen Schinkenbrot. »Und er schmeckt auch sehr gut.«

In ein paar Jahren werden auch Medi und Bibi aus dem Haus sein. Er kann sich ein Haus ohne Kinder nur schwer vorstellen. Wie still es dann sein würde. Er kaut mühsam. Der Appetit komme beim Essen, hat Katja früher zu den Kindern gesagt, wenn sie im Essen herumstocherten. Er nimmt noch einen Bissen, das Schinkenbrot schmeckt tatsächlich gut.

»Wie geht's eigentlich deiner Hand?«, fragt Katja. »Soll ich sie nach dem Essen neu bandagieren?«

»Ich glaube, das ist nicht nötig«, antwortet er. Er bewegt das Handgelenk hin und her. »Es tut kaum noch weh. Ich kann den Verband nachher wohl abnehmen.«

Katja nickt. »Wie du meinst.«

Sie sieht ihn nachdenklich an. Er nimmt sich noch ein Ei und eine Sardine. Der Appetit kommt wirklich beim Essen.

»Aufs Geratewohl«, sagt sie, »das ist doch sonst nicht deine Art. Bist du sicher?«

Er zuckt mit den Schultern. »Manchmal muss man den Dingen eben seinen Lauf lassen.«

»Ist es wegen Eri?«, fragt sie.

»Nein, wie kommst du denn darauf?«

»Sie war, ehrlich gesagt, ziemlich aufgeregt, als sie heute Mittag angerufen hat.«

»Ach ja?«

»Ich hab ihr erzählt, dass du um Bedenkzeit bis morgen gebeten hast. Sie fürchtet, dass du dir's anders überlegen wirst.«

Er legt sein Besteck auf den Teller, schnippt mit dem Finger einen Krümel von der Tischdecke. Katja sieht ihn forschend an, schüttelt den Kopf und steht auf.

»Willst du noch etwas essen?«, fragt sie.

»Nein, ich bin fertig, danke.«

Katja räumt den Tisch ab, während er sich einen Likör einschenkt.

»Sollen wir gleich noch ein paar Briefe schreiben?«, fragt sie, als sie zurückkommt.

»Später vielleicht«, sagt er, »ich trinke erst noch ein Gläschen.«

»Jetzt komm«, sagt sie, »keine Ausflüchte! Es muss doch gemacht werden. Und du kannst deinen Likör genauso gut im Arbeitszimmer trinken.«

Er steht auf. »Also, gut. Du hast ja recht.«

»Wie immer«, antwortet Katja und lächelt. Sie nimmt seinen Arm, und zusammen gehen sie ins Arbeitszimmer.

3

So, das ist auch erledigt. Er lässt sich in den Schreibtischstuhl fallen und zündet sich seine Abendzigar-
re an. Er hat sich nach dem Diktieren endlich an die
Vorbereitung der morgigen Radiosendung gemacht.
Er hat ein paar Szenen ausprobiert, aber es ist dann
doch das Hebsed geworden. Das Vorlesen ging gut,
es würde keine Probleme geben bei der Aufnahme
morgen.

Er zieht an der Zigarre. Langsame, gleichmäßige
Züge, so dass er den Moment, wenn die Asche ab-
gestreift werden muss, so lange wie möglich hinaus-
zögern kann. Eine Zigarre schmeckt am besten, bevor
man das erste Mal die Asche abstreift. Diese ist etwas
bitter, aber besser als die holländische. Katja hat ihm
auf dem Weg ins Baur au Lac eine neue Marke gekauft,
zum Ausprobieren.

Vorsichtig hält er die Zigarre zwischen Daumen
und Zeigefinger, legt sie dann in den Aschenbecher
und steht auf, um sich in der Küche ein Glas Wasser zu
holen. Aus Katjas Zimmer oben kann er das Klappern
der Schreibmaschine hören. Er hat ihr ein paar Briefe

diktiert, aber nur die wichtigsten, den Rest schreibt sie jetzt selbst.

Es ist dunkel im Haus. Katja hält es für Verschwendung, das Licht brennen zu lassen, wenn niemand im Zimmer ist. Aber er mag das nicht, die Dunkelheit. Im Dunkeln wirkt das Haus wie eine Gruft. Er schenkt sich ein Glas Wasser ein, lässt das Licht in der Küche brennen, macht dann das Licht im Wohnzimmer und im Esszimmer an. So ist's besser.

Er geht zurück ins Arbeitszimmer, nimmt mit der freien Hand die Zigarre aus dem Aschenbecher und setzt sich in den Lehnstuhl am Fenster. Auf dem Tischchen neben ihm hat Martha die Zeitschriften dieser Woche für ihn bereitgelegt, wie immer kreuz und quer durcheinander. Er legt sie fächerförmig auf den Tisch. Er weiß, dass Martha sich hinter seinem Rücken lustig macht über seinen Ordnungsfimmel. Und sie ist nicht die einzige, auch die Familie spottet darüber, allen voran Heinrich. Über die Ordnung auf seinem Schreibtisch, die unverrückbare Anordnung seiner Sächlein; und über seine immergleiche Tageseinteilung.

Das Ritual der alltäglichen Wiederholung. Auch am Wochenende, und sogar zu Weihnachten. Aufstehen um acht, ohne Wecker, das Aufwachen geht meistens ganz von selbst. Dann ins Bad, Rasur, anziehen. Anzug und Krawatte, etwas anderes kommt nicht in Frage. Frühstück um halb neun. Kaffee, Brötchen und Marmelade, am Sonntag ein weichgekochtes Ei. Arbeit, Spaziergang, Mittagessen. Dann Mittagsruhe, Briefe,

Tee, Besucher zwischen fünf und sechs, noch einmal mit dem Hund nach draußen. Abendessen. Musik hören, Lektüre, Tagebuch. Wie langweilig und kleinbürgerlich das klingt! Aber er fühlt sich wohl dabei.

Es gibt im Leben genug, das man nicht kontrollieren kann. Zu vieles wird bestimmt von unvorhersehbaren Zufälligkeiten und äußeren Umständen. Er könnte natürlich behaupten, dass vor allem die schrecklichen Erlebnisse der letzten Jahre ihn dazu gebracht haben, sich nach Ruhe und Ordnung zu sehnen. Aber der Kampf gegen alles Chaotische ist schon immer ein Bestandteil seines Lebens gewesen. Nur ein fester Rhythmus gibt dem Leben ein Gerüst, kann das Chaos im Zaum halten. Der immergleiche Ablauf bedeutet Gleichmaß und Sicherheit, man weiß, was wann passiert und was man wann zu tun hat.

Ein Tag, der gänzlich nach Plan verläuft, ist ein guter Tag. Zufrieden sitzt er abends am Schreibtisch, raucht die letzte Zigarre des Tages und schreibt Tagebuch. Leider wird der Tagesablauf in letzter Zeit viel zu oft aus dem Lot gebracht; er liest abends nicht selten zu lange, steht am nächsten Tag erst um halb neun oder neun auf. Dann muss er schon morgens im Bad hetzen, um halbwegs zeitig an die Arbeit zu können. Und der vermaledeite Korrodibrief hat die vergangenen Tage auch ganz schön durcheinandergeschüttelt.

Er trinkt das Glas Wasser und zündet die Zigarre wieder an. Die Kehle kratzt, er hat Kopfschmerzen, hoffentlich hat er sich nicht doch bei Katja angesteckt.

Ordnung und Sicherheit. Vielleicht hat er sich deshalb so wohl gefühlt in München? Die Stadt hat etwas Ruhiges, Elegantes. Früher jedenfalls. Überschaubar, aber nicht beschaulich. Eine kulturelle Metropole, die sich sehen lassen kann. Die Staatsoper, die Kammerspiele, die Philharmoniker.

Alles ein bisschen steif vielleicht, aber keineswegs unmodern oder zurückgeblieben. Kandinsky hat immerhin in München gelebt, und Rilke und Brecht. München hat in der Tat gut zu ihm gepasst, auch wenn viele Berlin den Vorzug gaben. Berlin war ihm schon damals von allem zu viel. Zu überspitzt, zu laut, das Gerenne, das Gewühl, ein neurotisches Getümmel. München ist gediegen, vernünftig.

Und ausgerechnet nach München hatte Hitler kommen müssen, um Kitschbilder von der Theatinerkirche und dem Viktualienmarkt für Touristen und Trödelhändler zu malen. Wenn es wenigstens beim Malen geblieben wäre, aber nein! Nach dem Großen Krieg kam er zurück, hatte inzwischen ganz etwas anderes im Sinn, als schlechte Bilder zu produzieren. Einen Putschversuch, in *seiner* Stadt, das muss man sich einmal vorstellen! Erst hat Hitler seine Heimatstadt erobert und ihm danach ganz Deutschland genommen.

Nicht einmal seine Freunde hat der Lump ihm gelassen. Dass das Volk sich in seiner Ahnungslosigkeit so widerstandslos verführen lässt von diesem Unsinn, ist schon schlimm genug. Aber dass jemand wie Ernst

Bertram nicht sehen will, auf was er sich da eingelassen hat, das ist schwer zu verdauen. Kaum zu glauben, dass er sich einmal glücklich geschätzt hat, Bertram seinen Freund nennen zu dürfen. Der Taufpate von Medi, dessen Nietzschebuch er so bewundert hat, ist ein Anhänger von Hitler geworden, es ist unfassbar.

Hätte er es wissen sollen, hätte er es ahnen können? Als Bertram nach dem Krieg die Professur in München ablehnte und stattdessen nach Köln ging? Ausgerechnet nach Köln, wo die Reaktionäre schon damals das Sagen hatten. Das war ein Zeichen gewesen, natürlich. Aber er hatte es für eine vorübergehende Verirrung gehalten.

Nicht einmal die Bücherverbrennungen haben Bertram zur Vernunft gebracht. Im Gegenteil, Weiheverse hat er geschrieben, der dumme, irregeleitete Mann. »Verwerft, was euch verwirrt, verfemt, was euch verführt! Was reinen Willens nicht wuchs, in die Flammen mit dem, was euch bedroht.« Grauenhaft.

Bertram, Hesse und wer noch mehr? Wer würde sich noch von ihm lossagen, wenn er den Brief drucken lassen würde? Und Leser würde er dann wahrscheinlich auch keine mehr haben, jedenfalls nicht in der Heimat. Immerhin, das Werk würde bestehen bleiben, auch wenn niemand es lesen würde.

Er muss sich eben damit abfinden, dass er durch den Brief endgültig zu denen ›da draußen‹ gehören wird; umgeben nur noch von den gefallenen deutschen Größen, die ihm schon vor drei Jahren in Südfrankreich auf die Nerven gegangen sind. Leute mit denen er nichts, aber auch gar nichts gemein hat.

Er zieht an der Zigarre. Katja hat recht gehabt, etwas aufs Geratewohl tun, das ist nicht seine Art. Nicht schön von ihm, dass er Katja angeschwindelt hat vorhin, aber er wollte ihr einfach nicht sagen, dass er das Telefonat mit Erika belauscht hat. Außerdem, es wird wirklich Zeit, dass er sich entscheidet, aufs Geratewohl oder nicht. Er kann den Korrodibrief nicht ewig in der Luft hängen lassen.

Im Gang klingelt das Telefon. Er hört Katjas schnelle Schritte, die Treppe hinunter. Wer ruft denn um diese Zeit noch an? Es ist viel zu spät für einen Anruf von Erika oder Katjas Freundin. Es wird doch nichts mit den Kindern passiert sein? Er geht rasch zur Tür und stößt im Gang beinahe mit Katja zusammen, die auf dem Weg ist zu ihm.

»Es ist für dich«, sagt sie.

4

Er hält mit einer Hand die Muschel zu und zieht fragend die Augenbrauen hoch.

»Blanche Knopf«, sagt Katja leise.

Er verzieht das Gesicht. Auch das noch. Er nimmt die Hand von der Telefonmuschel.

»Ja, Mann hier«, sagt er.

»Mein lieber, lieber Herr Mann, wie schön, dass Sie kurz Zeit haben für uns«, sagt die Verlegersgattin. Sie spricht gut deutsch, besser als ihr Mann, aber am Telefon ist ihr breiter amerikanischer Akzent noch deutlicher zu hören als sonst.

»Alfred sitzt neben mir«, sagt sie, »er hört mit.« Aus dem Hintergrund tönt Knopfs tiefe Stimme: »*Hello!*«

Er sieht die beiden vor sich. Der Verleger in seinem Ohrensessel, an der Pfeife ziehend, Bücher und halbgelesene Manuskripte überall. Kaum zu glauben, dass jemand in so einer Unordnung arbeiten kann. Und Blanche, mit ihrem kurzen schwarzen Pagenkopf und der scharfen Nase, neben ihrem Mann stehend, den Hörer in der einen Hand und die unvermeidliche Zigarette in der anderen.

»*So sorry*, dass wir Sie am Samstag stören, und dann auch noch um diese Uhrzeit«, sagt sie. »Ihre Frau hat gesagt, dass es schon halb elf ist bei Ihnen. *Stupid of me*, ich komme immer durcheinander mit dem Zeitunterschied, und Pat ist dieses Wochenende zu Besuch und er hatte mal wieder Probleme mit dem –«

»Wie geht es Alfred junior?«, unterbricht er sie. Blanche ist nicht gerade wortkarg, und wenn man nicht aufpasst, kann sie sich in endlosen Monologen ergehen.

»Ach, Sie wissen ja, wie das ist«, antwortet Blanche, »beinahe achtzehn und den Kopf voller Flausen. Es gefällt ihm nicht in Exeter, er hat Ärger mit einem der Lehrer. Nächstes Jahr macht er Gott sei Dank seinen Abschluss, dann Princeton hoffentlich, *we shall see*.«

Er murmelt: »Ja, ja, beinahe achtzehn, ein schwieriges Alter.«

»*Anyway*, geht es gut voran mit dem *Joseph*?«, fragt Blanche.

»Ich kann nicht klagen, die Arbeit macht Fortschritte.«

»*Good, good, good*«, ruft Blanche. »*Young Joseph* ist ein Erfolg, und auch der *Jaakob* verkauft sich immer noch gut, aber es wird Zeit, dass wir den dritten Teil bringen.«

»Nun ja«, sagt er, »die Arbeit macht Fortschritte, aber es wird wohl noch etwas dauern, bis das Buch fertig ist.«

»*I know, I know*, Alfred sagt auch immer: Hetz den armen Mann doch nicht so. Er braucht halt seine Zeit.«

»So ist es«, sagt er. »Gut Ding will Weile haben.« Du lieber Himmel, jetzt ergeht er sich auch noch in Gemeinplätzen. Blanche lacht und sagt etwas zu ihrem Mann, das er nicht verstehen kann.

»Da fällt mir ein: Ist das Foto für *Time* schon fertig?«, fragt sie.

»Ja, der Fotograf war heute Mittag da«, antwortet er.

»Ausgezeichnet! Sie kennen *Time Magazine* doch, oder? Sie wollen einen großen Artikel über den *Joseph* machen, sehr gute Reklame natürlich, aber ich fürchte, sie werden doch warten auf den neuen Band.«

»Mmh, mmh«, sagt er.

»Ich habe letzte Woche auch schon mit Helen telefoniert«, sagt Blanche. »Ich soll Sie grüßen und Ihnen sagen, dass sie sich schon freut auf den dritten Teil. Sie kann's kaum abwarten. Ist das nicht wunderbar? Ich hab zu Alfred gesagt, wir haben wirklich großes Glück mit ihr, eine Übersetzerin wie sie gibt es kein zweites Mal.«

Er will etwas sagen, aber Blanche redet in einem fort weiter.

»– und ich wollte Ihnen schon mal Bescheid geben. Ich komme im Frühjahr wieder nach Europa, wahrscheinlich Ende April oder Anfang Mai. Und ich dachte, dann könnte ich auch bei Ihnen in Küsnacht vorbeikommen. Wir haben uns schon so lange nicht mehr gesehen. Ist das nicht eine ausgezeichnete Idee?«

Hat sie etwa deswegen angerufen? Das weiß er doch bereits, Knopf hat Katja schon vor Wochen geschrieben, dass seine Frau im Frühling wieder eine Europareise plant. Idiotisches Weib.

»– nach Deutschland werde ich natürlich nicht gehen«, sagt Blanche. »Ich habe zu Alfred gesagt: Es gibt dort keinen Schriftsteller mehr, der auch nur einen Gedanken wert ist. Keinen einzigen. Meinen Sie nicht auch?«

»Ja, da haben Sie wohl recht«, antwortet er. Er sieht hilfesuchend zu Katja. Gibt es denn keine Möglichkeit, dieses Gespräch zu beenden?

»Die deutsche Literatur ist sowieso so gut wie tot«, sagt Blanche, »glauben Sie mir, bald wird niemand mehr Bücher lesen in dem schrecklichen Land. Kulturlos, das ist es!«

Er schweigt. Was soll er auch darauf antworten?

»Aber machen Sie sich keine Sorgen, mein *lieber* Herr Mann, wir werden hier in Amerika schon dafür sorgen, dass Ihre Bücher nicht untergehen.«

»Vielen Dank, das ist nett von Ihnen«, sagt er. »Aber ich muss jetzt wirklich auflegen, wir waren eigentlich schon auf dem Weg ins Bett.«

»*Of course, of course*«, sagt Blanche fröhlich, »ich habe Sie auch viel zu lange aufgehalten. *Good bye*, mein Lieber, *good bye*. Und grüßen Sie Ihre Frau nochmals von uns.«

Er legt den Hörer mit so viel Nachdruck auf die Gabel, dass das Tischchen wackelt.

»Was für eine schreckliche Quasselstrippe!«, sagt er.

»Du hättest trotzdem etwas freundlicher zu ihr sein können«, antwortet Katja.

»Ich war freundlich genug.« Er hat Mühe, nicht laut zu werden. »Der Anruf war völlig überflüssig.«

»Vielleicht«, sagt Katja. »Aber wir können froh sein, dass sich deine Bücher so gut verkaufen in Amerika. Vor allem jetzt, wo es in Deutschland düster aussieht.«

»Wen interessiert das schon?«

»Wen interessiert das schon? Also, das ist doch –! Du bist manchmal wirklich unglaublich.«

»Ach ja? Und wie, bitte, soll Amerika uns helfen?« Seine Stimme zittert.

»Wir müssen doch auch an die Kinder denken. Und wir brauchen das Geld!«, sagt Katja aufgebracht.

»Wir brauchen das Geld, wir brauchen das Geld«, äfft er sie nach. »Ist das das Einzige, woran du denken kannst?«

Katja antwortet nicht. Sie geht an ihm vorbei zur Treppe.

»Ich gehe nach oben«, sagt sie, ohne ihn anzusehen. »Wenn du dich wieder beruhigt hast, kannst du mir nachher noch eine Tasse Tee bringen.«

Mitternacht

1

Die Standuhr in der Halle schlägt zur vollen Stunde. Er zählt die Schläge mit. Zehn, elf, zwöf. Mitternacht.

Er klappt das Tagebuch zu. Heute muss er Korrodi anrufen, ihm sagen, was mit dem Brief geschehen soll. Er setzt die Brille ab, reibt sich die Augen. Er ist müde, aber er will noch nicht nach oben gehen. Katja ist schon vor einer Stunde zu Bett gegangen. Er hat ihr Tee gebracht und bei ihr gesessen, bevor sie schlafen ging, sich entschuldigt, dass er so scharf geworden ist. Sie hat ihm die Wange getätschelt und gemurmelt: »Ist schon gut, Rehlein, ist ja schon gut. Quäl dich doch nicht so.«

Er steht auf und geht zum Grammophon. Die Wagnerplatte, die er vor zwei Tagen gespielt hat, liegt noch auf dem Plattenteller. Er pustet den Staub von der Nadel, senkt sie vorsichtig in die Rille und setzt sich in den Stuhl am Fenster. Die sanften Töne des Lohengrinvorspiels füllen den Raum. Langsam, betörend. Dann der Paukenschlag. Wunderbar. Er schließt die Augen.

Musik hören ist wahrhaftig der größte Genuss des Lebens. Und er wird nie müde, das Lohengrinvorspiel zu hören. Wieder einmal, wie zum ersten Mal. *Lohengrin* und *Parsifal*, von allen Wagnerstücken sind sie ihm noch heute am liebsten. *Tristan*, das ist die Musik seiner Jugend, die Musik des Rausches, der Entrückung, der Sympathie mit dem Tod. Die Zerknirschung und die Qual im *Parsifal* aber, das bleibt auch im Alter. Selbst Tristans Sehnsucht wird weit überboten durch diese Misere.

Wagner, der unübertroffene Maler der seelischen Natur. Seine Musik, ein wundervolles, aber auch ein morbides, ein zutiefst zweideutiges Werk. Deutschnational, auf beispielhafte, vielleicht zu beispielhafte Weise. Eine eruptive Offenbarung deutschen Wesens und eine schauspielerhafte Darstellung davon, und die sensationellste Selbstdarstellung und Selbstkritik, die sich erdenken lässt. Darf man dieses Werk lieben, ohne sich zu schämen? Je mehr man über Wagner nachdenkt, desto verwirrter wird man.

Wagner, ein deutscher Meister. Und das, obwohl die Vorzeichen nicht gerade günstig waren für den Sohn eines Schreibers und einer Bäckerstochter. In Leipzig geboren, der sächsische Akzent verriet ihn sein Leben lang.

Ein kränkelndes Kind, und auch später wurde Wagner immer wieder von Nervenschwäche, Schlaflosigkeit und Depressionen gequält. Aber Not und Widrigkeit sind keine Hindernisse für den Schöpfergeist. Vielleicht sind sie sogar notwendige Voraussetzungen. Zähigkeit ist nicht angeboren, das Genie lässt sie zuströmen, und wer einen Auftrag hat, ist nicht umzubringen.

Kleingewachsen, und doch überzeugt von seiner Größe, schon früh davon durchdrungen, ein Genie zu sein. »In fünfzig Jahren werde ich der Beherrscher der musikalischen Welt sein«, prophezeite er. Grenzenlos unbescheiden, nur von sich selbst erfüllt, Anmaßung und Größenwahn.

Wagner der luxusbedürftige Revolutionär, das Pumpgenie, der seine Themen und Kompositionen nicht selbst erfand, der die Volksmusik gewissermaßen nachkomponierte. Ein Schauspieler, ein Inszenator seiner selbst, »Friseur und Charlatan« hatte Gottfried Keller ihn genannt.

Kein angenehmer Mensch, wenn man den Biographen glauben darf, auch wenn er sehr charmant sein konnte. Nicht liebenswert, oftmals unausstehlich sogar, eine Belastung und Herausforderung für seine Mitwelt. Seine Arbeitswut und seine Verzweiflungsanfälle eine Qual für Ehefrau und Kinder. Blind für alles und jeden, nur seiner Kunst verpflichtet. Der deutsche Geist war ihm alles, der deutsche Staat nichts.

Und die Idee des Festspiels, widersinnig und großartig zugleich. Geboren aus seinem geradezu verzehrenden Hass auf die bürgerliche Zivilisation und den kommerziellen Theaterbetrieb. Sie mussten beide in Flammen aufgehen, nichts weniger als eine Feuerkur brauchte es, um den Massen zu zeigen, was wahre Kunst ist. Ein Theater wollte er bauen, einen Kunsttempel für das Volk. In der Schweiz oder am Rhein, es war eigentlich egal, wo.

Das Festspielhaus wurde gebaut, auf einem Hügel, genau wie Wagner es sich erträumt hatte. Bayreuth, die wahr gewordene Utopie. Nein, nicht wahr geworden, aber Wirklichkeit geworden. Die besten Sänger und Musiker wurden eingeladen, es gab glänzende Empfänge und Gartenfeste, Champagner und Feuerwerk. Und alle, alle kamen sie nach Bayreuth. Könige, Kaiser, der Geldmob.

Und Hitler. Hitler, der missratene Bruder des großen Meisters. Sein Aufstieg vom gescheiterten Künstler zum Retter des Volkes weist märchenhafte Züge auf, die märchenhaften Züge einer Wagnerfigur. Das Märchen vom hässlichen Entlein, das sich als Schwan entpuppt; die Mär vom Tölpelhans, der mit einer toten Krähe und einem Holzschuh die Hand der Prinzessin und das ganze Reich gewinnt.

Ein Verzauberer seines Volkes auch er, dieser in die Politik versetzte Wagnerianer. Wie Siegfried hat er mit seinem »Deutschland, erwache!« eine heilige Braut wachgeküsst. Wagnerisch, aber auf der Stufe der Verhunzung. Verhunzt, entstellt, verpfuscht. Beispielhaft für die Rolle, die das Motiv der Verhunzung spielt im gegenwärtigen europäischen Leben.

Ja, da ist viel Hitler im Wagner.

Das Durcheinander von grenzenloser Weltbegierde und Weltentsagung, die erzromantische Ausbeutung des ungesunden Gegensatzes von Sinnlichkeit und

Keuschheit. Das dick aufgetragene Deutschtum. *Ganz zufällig* ist es nicht, dass Hitler entzückt war von den *Meistersingern*. Und von *Rienzi*.

Und doch!

Gibt es etwas Wunderbareres als die blau-silbernen Klänge des Lohengrinvorspiels? Gerade achtzehn war er, als er den *Lohengrin* zum ersten Mal hörte. Es war keine gute Zeit gewesen, die Schule war ihm ein Gräuel, er selbst ein Versager, ein Nichtsnutz, der nicht wusste, was er mit sich und seinem Leben anfangen sollte. Er las Nietzsche und Schopenhauer, schrieb schlechte Gedichte und kleine Erzählungen. Hatte wirre Träume von Größe und Bedeutsamkeit, und eine unglückliche Liebe.

Dann der unvergessliche Abend im Lübecker Stadttheater. Gerhäuser sang den Lohengrin, unsagbar schön, Maienblüte in der Stimme: es war das musikalische Kapitalerlebnis seines Lebens. Unzählige Male hat er den *Lohengrin* seitdem gehört, wieder und wieder und wieder, er kennt Musik und Wort beinahe auswendig. Und heute hört er dann das in der Jugend Geliebteste im eigenen Untergang. Er blinzelt und wischt sich mit dem Handrücken die Tränen von den Wangen. Der eigene Untergang, so weit ist es gekommen.

Sic transit gloria mundi.

Er schließt die Augen wieder, der Kopf wird ihm schwer. Die Musik schwillt an und verebbt. Dann ist es still im Zimmer, nur die Leerrille der Platte ist zu hören.

2

Mühsam richtet er sich im Stuhl auf. Sein Körper ist ganz steif, der Nacken tut ihm weh. Er sieht auf die Uhr, schüttelt ungläubig den Kopf. Schon nach eins! Er muss wohl eingenickt sein. Wie ungewöhnlich, das passiert ihm nicht oft.

Er steht auf, reckt den Hals, macht ein paar Kniebeugen, um vollends wach zu werden. Er geht hinüber zum Grammophon, um den Apparat auszuschalten. Ihm kommen beinahe wieder die Tränen, als er die Lohengrinplatte in die Hülle schiebt. Der eigene Untergang, ja.

Aber da ist auch noch etwas anderes. Kurz bevor er eingeschlafen ist, erinnert er sich, hat er über etwas nachgedacht, den Beginn einer Idee. Einer Idee, die im Halbschlaf noch nicht recht Form annehmen wollte. Er runzelt die Stirn.

Das Abgründige und Irrationale in Wagners Musik. Die Musikidolatrie der Deutschen. Der Nexus von Politik und Kultur. Wagner und Hitler. Heinrichs literarische Hinrichtung des Schwanenritters im *Untertan*. Wie sehr hat er Heinrich damals für die politische Verulkung des *Lohengrin* verabscheut. Eine Parodie hat Heinrich daraus gemacht, das wird der Sache nicht gerecht. Das Thema ist richtig, aber man muss es anders angehen. Etwas Großes muss daraus entstehen. Eine deutsche Tragödie.

Er geht hinüber zum Bücherschrank, nimmt den *Faust* heraus und setzt sich mit dem Buch an den Schreibtisch. Wo hat er bloß die Mappe mit den Faustnotizen gelassen? Er wühlt in den Schubladen, eine nach der anderen zieht er auf, in der letzten wird er endlich fündig. Er holt die dünne Mappe hervor, der ehemals dunkelblaue Umschlag ist ganz hell geworden. Es muss vor beinahe zwanzig Jahren gewesen sein, dass er die ersten Gedanken für eine Faustnovelle zu Papier gebracht hat. Und dann weggelegt, für später.

Er überfliegt die Notizen, während er den Füllfederhalter aufschraubt, und beginnt dann zu schreiben, etwas zögernd erst, während er versucht, seine verworrenen Gedanken zu ordnen. *Faust*, das deutsche Volksmärchen. Der Pakt mit dem Bösen, im Persönlichen und durch ein ganzes Volk. Eine Lebensbeichte. Die Kluft zwischen Künstlertum und bürgerlichem Leben. Faustus, der Repräsentant der deutschen Seele. Aber nicht wie bei Goethe ein Mann der Wissenschaft.

Er hat Goethes Hang zum Wissenschaftlichen nie recht verstanden. Ihm sagt die Wissenschaft nichts. Sie bringt technischen Fortschritt, gewiss, aber wo bleibt der moralische Fortschritt? Und der Versuch der formelhaften Vereinfachung der Welt kommt ihm stümperhaft vor. Die Welt ist viel zu kompliziert dafür, und überdies kommt der Verlust des Mystischen der menschlichen Seele nicht entgegen; das Volk will immer das mythische Surrogat. Kein Wunder, dass man in der Heimat so empfänglich ist für Hitlers mythisch-mystische Jauche.

Er hält inne, den Federhalter in der Luft, blättert er mit der freien Hand in Goethes Buch. Es ist eine gefährliche Sache mit dem Mythos. Nietzsche hatte recht, der Mythosverlust war Ursache und Erklärung für das Unbehagen in der heutigen Kultur. Die verlorene und gleichzeitig beschworene Autorität des Mythos' in der Romantik. Glorifiziert in Wagners Werken, der Mythos als die einzig wahre Sprache des Volkes, einfältig, rein und erhaben. Und von Hitler auf so schauerliche Weise verhunzt und missbraucht, dass einem übel wird. Und sein eigener Versuch, mit dem *Joseph* gegen diesen Missbrauch anzuschreiben.

Mythos und Musik, die Themen dieses Jahrhunderts und in seinem eigenen Werk. Aschenbach stirbt in Venedig, der Todesstadt Wagners, und auch der Verfall der *Buddenbrooks* wird vorangetrieben durch die Begegnung mit der Wagnerschen Musik; im *Zauberberg* dann die Musik als Seelenzauber mit finsteren Konsequenzen.

Er beginnt wieder zu schreiben, flüssiger jetzt. Die Musik ist die deutsche Leitkunst, so wie es die Malerei oder die Skulptur früher einmal waren. Die Musik, das dämonische Gebiet, ist Stimulans und Opiat, abstrakte Ordnung und chaosträchtig zugleich. Das Musikerlebnis, das die Rückkehr der verdrängten dionysischen Lebensenergien auslöst.

Aufs Neue hält er inne. Er nimmt die Bandage ab und bewegt das Handgelenk. Es knackst noch ein bisschen, aber das Gelenk schmerzt nicht mehr. Er legt die Bandage zur Seite und schreibt weiter.

Man muss einen Zusammenhang herstellen zwischen der Musik und der deutschen Misere; Barbarei und Untergang nicht *trotz* der deutschen Musikliebe, sondern gerade wegen dieser.

Denn das deutsche Volk ist nicht politisch, nein, im tiefsten ist diese Sphäre ihm gänzlich fremd. Das Seelische ist und bleibt das Primäre in den Deutschen. Ihr Verhältnis zur Welt ist zugleich abstrakt und mystisch. Sie wollen immer das Märchen, auch wenn das Märchen eine Lüge ist. Will Faust ein Repräsentant der deutschen Seele sein, dann muss er ein Musiker sein. Faustus, der Musiker. Ein Komponist vielleicht?

Ja, ein Komponist mit dem Drang zur Kreativität. Von dem hochmütigen Bewusstsein bestimmt, der Welt an Tiefe überlegen zu sein. Aber innerlich kalt, braucht er Enthemmung, ein höllisches Feuer, und erst der Teufelspakt verschafft ihm den Durchbruch zur Genialität.

Er holt tief Atem. Und seine eigene Geschichte, wie wird die enden? Wird er sich rechtfertigen müssen? Fürs Draußensein, fürs Abwarten? Auch das wird man erst hinterher wissen. Das Urteil der Geschichte ist immer *ex nunc*. Und wie viel einfacher ist es zu urteilen, wenn man weiß, wie alles endet.

Er liest das Geschriebene durch und nummeriert die Seiten. Der kurze Schlummer im Lehnstuhl hat ihn erfrischt, aber es ist jetzt wirklich Zeit, ins Bett zu gehen. Er schraubt den Füllfederhalter zu, legt die Notizen in die hellblaue Mappe und verstaut diese in der obersten Schublade.

Sonntag, 2. Februar 1936
Finale
Lebhaft, lebendig

Er setzt sich aufs Bett, um sich die Schuhe anzuziehen. Es riecht nach Veilchen. Er ist nach dem Baden wieder einmal etwas zu verschwenderisch mit dem Veilchenwasser gewesen.

Obwohl er gestern so spät ins Bett gegangen ist, ist er früh aufgewacht heute Morgen, noch vor halb acht. Und er hat überraschend gut geschlafen, viel besser als im den letzten Tagen. Tief und ununterbrochen und traumlos, zumindest kann er sich an keinen Traum erinnern.

Er dreht den linken Schuh in der Hand, hält ihn prüfend gegen das Licht. Das Leder sieht etwas stumpf aus. Katja ist noch nicht aufgestanden, er kann vor dem Frühstück noch die Schuhe putzen. Er legt ein Stück Zeitung auf den Boden und holt die Blechdose mit den Bürsten und dem Schuhwachs aus dem Kleiderschrank. Er bevorzugt Wachs, das lässt sich leichter verteilen als Creme, und es schützt das Leder besser. Mit einem weichen Tuch verteilt er das schwarze Schuhwachs auf die Schuhe, erst auf den linken, dann auf den rechten.

Ein merkwürdiger Abschluss des Tages gestern. Erst Tränen und Verzweiflung und dann der plötzliche Arbeitseifer. Er nimmt die große Bürste aus der Blechdose. Fürs Schuhebürsten muss man sich Zeit nehmen, mindestens fünf Minuten für jeden Schuh. Energisch und gleichmäßig fährt er mit der Bürste über das Leder.

Es bleibt ein schwerer Lebensfehler, wenn Deutschland und er getrennte Wege gehen. Bisher ist es höchstens vorübergehend gewesen, dass die Geschichte Deutschlands und seine eigene auseinanderliefen. Es hat eine Zeit gedauert, bis er sich mit der Republik anfreunden konnte, aber am Ende haben sie immer wieder zusammengefunden, Deutschland und er.

Dieses Mal ist es anders. Es wird sich nicht wieder zusammenfügen, sein Land ist auf Nimmerwiedersehen verschwunden, und er bleibt heimatlos zurück. Ein deutscher Meister ohne Land. Nicht einmal mehr einen deutschen Pass wird er haben. Was soll's, die nationale Idee hat sich sowieso überlebt.

Er stellt die gebürsteten Schuhe auf die Zeitung und geht auf Socken hinunter ins Erdgeschoss. Toby begrüßt ihn schwanzwedelnd am Fuße der Treppe. Er lässt den Hund in den Garten, die Wohnungstür bleibt einen Spaltbreit für ihn offen. Toby hat gelernt, die Tür mit dem Kopf zuzuschieben.

In der Küche holt er eine halbe Zwiebel aus dem Vorratsschrank und geht wieder hinauf in sein Schlafzimmer. Das Geheimnis glänzender Schuhe: man muss sie nach dem Einwachsen und Bürsten mit einer Zwiebel einreiben und dann polieren. Martha bewahrt immer ein paar alte Zwiebeln für ihn auf. Man kann die eingewachsten Schuhe auch mit einer Kerze erwärmen, dann wird das Wachs flüssig und lässt sich gut polieren. Das hat er auch schon probiert und dabei die Hand und den Schuh verbrannt. Eine Zwiebel ist einfacher und weniger gefährlich, und der Zwiebelgeruch auf dem Leder verflüchtigt sich rasch.

Er nimmt den linken Schuh zur Hand und reibt mit der halbierten Zwiebel über das eingewachste Leder. Ein Meister ohne Land? Ja, vielleicht, aber seine Bücher sind dennoch deutsch. Geradezu verzweifelt deutsch, hat er einmal gesagt, und das wird auch so bleiben. Mit oder ohne deutschen Pass, drinnen oder draußen.

Und die deutsche Sprache wird ihm bleiben, sein Zuhause. Er wird nie in einer anderen Sprache schreiben. Die Reinheit der deutschen Sprache, das ist seine Verantwortlichkeit, auch hier in der Fremde. Am Anfang ist das Wort. Diese Verantwortlichkeit ist nicht nur eine künstlerische; es ist die Verantwortlichkeit schlechthin, im allgemein moralischen Sinn. Für das deutsche Volk, für die Erhaltung seines Bildes im Angesicht der Menschheit.

Er muss den Brief veröffentlichen, es gibt keine andere Möglichkeit. Man darf das Geistig-Künstlerische nicht vom Politischen trennen. Die machtgeschützte Innerlichkeit des Künstlers, es darf sie nicht geben. Nicht in der heutigen Zeit.

Und Deutschland? *Sein* Deutschland gibt es nicht mehr. Es ist jedenfalls nicht mehr dort, wo das Land sich geographisch und dem Namen nach befindet. »Die ganze Heimat und das bisschen Vaterland, die trägt der Emigrant von Mensch zu Mensch, von Ort zu Ort, an seinen Sohl'n, in seinem Sacktuch mit sich fort«, sagt er leise.

Erikas Lied am Ende des Kabaretts. Und auf einmal versteht er ganz und gar, was das bedeutet. Für ihn, für Deutschland. Er muss unwillkürlich lächeln. Zum ersten Mal seit der Abgabe des Briefes ist ihm leichter ums Herz.

Katja ruft von unten: »Das Frühstück ist fertig!«

»Ich komme gleich«, ruft er zurück.

Er zieht die Schuhe an und fährt noch ein letztes Mal mit dem Tuch über das Leder, es glänzt wie neu. Er wäscht sich rasch im Bad den Zwiebelgeruch von den Händen und geht hinunter ins Esszimmer.

Der Frühstückstisch ist sonntäglich gedeckt. Getoastetes Weißbrot, Ei, Erdbeermarmelade, eine Karaffe mit Holundersaft und ein Teller mit Obst. Toby kommt angelaufen, wie immer, wenn es etwas zu essen gibt.

»Heut Mittag gehen wir zusammen Krähen fangen«, sagt er und zieht den Hund an den Ohren. »Die dummen Viecher müssen endlich einmal lernen, wer hier das Sagen hat, findest du nicht auch?«

Er setzt sich und pfeift leise vor sich hin, während er ein Toastbrot mit reichlich Butter bestreicht.

»Du bist aber aufgeweckt heut Morgen«, sagt Katja und schenkt ihm eine Tasse Kaffee ein.

»Ich hab gut geschlafen«, anwortet er. »So gut wie schon lange nicht mehr.«

Vorsichtig klopft er sein Ei auf. Genau richtig, das Eiweiß nicht mehr schlierig und der Dotter halb fest.

»Wann kommen eigentlich die Kinder zurück?«, fragt er.

»Heute Nachmittag«, antwortet Katja. »Ich hol sie nach dem Mittagessen von der Bahn ab.«

Er hat Appetit, er nimmt sich noch ein zweites Brot, mit Marmelade diesmal. Er hätte gerne auch eine zweite Tasse Kaffee getrunken, aber man soll die Götter nicht versuchen. Ein Glas Holundersaft ist vernünftiger. Auch wenn das Erkältungsgefühl von gestern Abend verschwunden ist, ein Glas des Heilsaftes kann nicht schaden.

»Willst du eine Orange?«, fragt Katja. »Martha hat gestern welche vom Markt mitgebracht.«

»Ja, gerne«, sagt er.

Er trinkt seinen Holundersaft und sieht ihr zu, wie sie die Orange schält. Niemand kann das so gut wie Katja. Sie schneidet erst die beiden Enden ab, so dass sie die Frucht mit dem abgeflachten Ende auf den Teller stellen kann. Danach wird rundherum die Schale entfernt, auch das Weiße, bis nur noch das Fruchtfleisch übrig bleibt. Katja zerteilt die Frucht in Stückchen und legt die Hälfte auf seinen Teller. Er isst mit Genuss, die Orange ist herrlich süß und saftig.

»Nach so viel Gutem wird die Arbeit nachher bestimmt gelingen«, sagt er. Katja lacht und wischt ihm mit der Serviette etwas Saft vom Kinn.

»Du bist heute wirklich bester Laune«, sagt sie, »was ist los mit dir?«

»Man kann ja nicht immer nur schwermütig sein«, antwortet er.

»Und der Brief?«, fragt sie. »Hast du dich entschieden?«

Er nickt. »Ich werde Korrodi gleich anrufen. Sobald ich mit dem Frühstück fertig bin.«

»Und?«

»Morgen wird der Brief in der Zeitung stehen«, sagt er.

»Bist du dir sicher?«, fragt sie.

Er faltet seine Serviette zusammen, trinkt sein Glas leer. Wie kann er ihr erklären, dass er sich mit dem Verlust des Heimatlandes abgefunden hat? Oder besser gesagt, dass es gar keinen Verlust gibt, dass sie ihm Deutschland nicht wegnehmen können?

Er steht auf und küsst Katja auf die Wange.

»Wo ich bin, ist Deutschland«, sagt er und geht zum Telefon.

Anhang
Thomas Mann im Exil

Vor dem unheilvollen Jahr 1933 lebte Thomas Mann mit seiner Familie – der Frau Katia und sechs Kindern – in der großbürgerlichen Behaglichkeit seiner Münchner Villa in der Poschingerstraße, nahe der Isar. Eine Freitreppe führte standesgemäß zum Garten, die Balkone thronten auf Säulen – das Anwesen war ganz nach den Wünschen Thomas Manns gestaltet worden. Als Adolf Hitler im Januar 1933 zum Reichskanzler gewählt wurde und die Nationalsozialisten die Macht ergriffen, befanden sich Thomas und Katia Mann (die sich selbst übrigens »Katia« schreibt, während Thomas Mann – so auch im Roman – immer »Katja« verwendet) gerade im Skiurlaub in Arosa in der Schweiz. Der Urlaub sollte der Beginn ihres Exils werden: Bis nach Ende des Zweiten Weltkriegs kehrten die Manns nicht mehr nach Deutschland zurück.

Thomas Mann war während der politischen Umschwünge in den 20er Jahren bis zum Ausbruch des Krieges ein feinsinniger und scharfer Beobachter der gesellschaftlichen Wirklichkeit seiner Zeit gewesen und hatte den wachsenden Nationalismus zuerst bei einem Urlaubs-

aufenthalt in Italien, dann im eigenen Land schon früh mit Argwohn verfolgt; eine »romantische Barbarei« schimpfte er diese Entwicklungen bereits 1923: ein Groll, der in Manns Novelle »Mario und der Zauberer« seinen Ausdruck fand.

Diese Beobachtungsgabe war in jenen Jahren vielleicht umso ausgeprägter, als dass der Schriftsteller sie in den Jahren des Ersten Weltkrieges hatte vermissen lassen. Sein Bruder Heinrich verurteilte die deutsche Kriegsverherrlichung früh. In seinem als prophetisch gefeierten Roman »Der Untertan« führte er die kaisergläubige Unterwürfigkeit der wilhelminischen Gesellschaft ad absurdum.

Thomas Mann dagegen hatte den Krieg zunächst befürwortet. In seinen umfassenden »Betrachtungen eines Unpolitischen«, entstanden während der Kriegsjahre, setzte er sich in scharfer Abgrenzung zu seinem Bruder entschieden für Deutschlands Kriegsführung ein; eine Haltung, von der er sich später beschämt distanzierte.

1930 aber, mit gereiftem politischen Bewusstsein, ging Thomas Mann öffentlich in die Opposition. Seiner neuen Entschlossenheit war der Reichstagsbrand vorausgegangen; bei den Wahlen gewannen die Nationalsozialisten Stimme um Stimme, und Mann gebrauchte die seine, um sie gegen diesen sich abzeichnenden politischen Wetterumschwung zu erheben: Vor den vollbesetzten Stuhlreihen des Berliner Beethoven-Saals warnte er eindringlich davor, den Faschismus weiter vormarschieren zu lassen.

Unmittelbar nach seiner Ansprache musste er durch den Hinterausgang fliehen. Auf seine Rede sollten anonyme Anrufe und Drohbriefe folgen. Thomas Manns Sommerhaus in Nidden empfing eine Postlieferung der besonderen Art: ein geschnürtes Päckchen, darin ein völlig verkohltes Exemplar der »Buddenbrooks«.

Drei Jahre später, erschöpft nach einer Reise durch Amsterdam, Brüssel und Paris mit seinem Vortrag »Leiden und Größe Richard Wagners«, wollten Thomas Mann und seine Frau sich im Schweizer »Waldhotel« in Arosa lediglich eine Weile erholen – nichtsahnend, dass die Ereignisse in Deutschland den Aufenthalt zunächst auf ungewisse Zeit verlängern und das Hotel damit zur ersten Etappe des Mann'schen Exils machen würden.

Was war geschehen? Am 16. April 1933 veröffentlichten die »Münchner Neuesten Nachrichten« einen Artikel zu Thomas Manns Wagner-Vortrag. Befördert durch den Reichstagsbrand, die Notverordnungen und die Reichstagswahlen mit einer Stimmenmehrheit der NSDAP sowie Hitlers Ermächtigungsgesetz war die Besprechung des Vortrags keine sachliche Kritik mehr, sondern eine verunglimpfende Meinungsmache gegen Thomas Mann. Der Artikel spielte auf Manns Distanzierung zu seinen »Betrachtungen eines Unpolitischen« an und empörte sich: »Wer sich selbst als dermaßen unzuverlässig und unsachverständig in seinen Werken offenbart, hat kein Recht auf Kritik wertbeständiger deutscher Geistesgrößen!«

Noch bevor die ersten Länder von Deutschland annektiert wurden, hatte die Kulturpropaganda der Nationalsozialisten damit begonnen, alle Bereiche der Kunst zu besetzen: Richard Wagner und seine Musik wurden einverleibt und instrumentalisiert. Wer es wagte, nur die leiseste Kritik an dem Komponisten des »Ring« zu üben, war nicht mehr allein Feind seiner Werke, sondern Feind der Nation. Mann verehrte Wagners Musik, war diesem in seinem Vortrag aber nicht gänzlich unkritisch gegenübergetreten – er habe, so attestierte ihm Mann, eine »morbide Art, heroisch zu sein«. Der Artikel der Münchner Zeitung trat eine Schmutzkampagne gegen den Nobelpreisträger los.

Die Kinder Erika und Klaus Mann warnten die Eltern telefonisch nachdrücklich vor einer Rückkehr nach Deutschland. So blieb man in Arosa. Da man nicht auf Dauer im Grandhotel logieren konnte, versuchte Katia, ein Haus in Basel anzumieten – ohne Erfolg. Im französischen Sanary-sur-Mer bezog die Familie, nach kurzen Aufenthalten in Lugano und in Lenzerheide, schließlich für einige Monate ein Haus – bescheidener natürlich als die schöne Villa in München, doch man traf immerhin auf alte Bekannte: Sanary-sur-Mer war 1933 ein Zentrum der Exilanten. Die bedrohlichen Entwicklungen in Deutschland waren im Mai 1933 in einer nationalen Bücherverbrennung gegipfelt. Was man »Säuberung des Schrifttums« nannte, zog eine fluchtartige Auswanderungswelle unter Publizierenden nach sich. Die Emigranten verteilten sich in der ganzen Welt. Sammelpunkte des Exils waren, neben Sanary-sur-Mer, Kalifornien und New York, Moskau, Paris, Zürich, Stockholm und Prag.

Man hoffte zunächst noch auf einen Machtumsturz, auf Putschversuche gegen Hitler; als diese jedoch nicht eintraten, musste man versuchen, im Ausland heimisch zu werden. Die Gastländer aber machten das den Exilanten nicht unbedingt einfach. Vielfach galten schärfste Einreisebedingungen. Wer aus Deutschland ausgebürgert wurde, verlor seinen Pass. Nahm das Exilland einen nicht auf, war man staatenlos. So verblieben die Emigranten oft nicht nur ohne Heimat, sondern auch ohne seelisches Obdach.

Besonders Thomas Mann, der Unbequemlichkeiten des Reisens überdrüssig, vom unsteten Rhythmus der Fremde am Schreiben gehindert, wollte nur zu gern glauben, dass der Zustand des Exils ein vorübergehender sei. Bald sah er jedoch, wie sehr er und seine Kollegen sich geirrt hatten: Die politischen Bedingungen in der Heimat wendeten sich nicht zum Besseren. Die Manns sahen sich nach einer dauerhaften Bleibe um. In einem eleganten Villenviertel im Zürcher Vorort Küsnacht wurden sie fündig. Das Haus am Zürichsee, zunächst für ein Jahr angemietet, sollte für ein halbes Jahrzehnt die feste Adresse der Familie Mann werden.

Die Arbeiten Thomas Manns waren in dieser Zeit geprägt von den Widrigkeiten des Exils: Seine Joseph-Tetralogie kreiste nach der biblischen Erzählung um den Jungen Joseph, der unverschuldet als Sklave in Ägypten landet, um Heimatlosigkeit, Zuflucht, Trost. Thomas Mann selber hatte sein Zuhause in der deutschen Sprache gefunden und sah die Joseph-Tetralogie »in erster Li-

*nie als ein Sprachwerk« an, die Sprache als bewegliche
Heimat, als Planwagen aus Worten, gezogen von Wohnsitz zu Wohnsitz.*

*Anders als in den Vorjahren blieb der Schriftsteller
in den ersten drei Jahren der NS-Herrschaft ungewohnt
meinungslos und schwieg zu den Vorgängen im Dritten
Reich. Statt flammende Reden zu halten, übte er sich in
Zurückhaltung. Als sein Sohn Klaus 1934 in Amsterdam
die Exilzeitschrift »Die Sammlung« gründete, verweiger-
te Thomas Mann seine Mitarbeit auf Wunsch seines Ver-
legers Gottfried Bermann Fischer, der sich um die Ver-
kaufszahlen der Bücher seines erfolgreichsten Autors
sorgte.*

*Thomas Manns Verlag war, ab 1898 und von seiner ers-
ten Novelle »Der kleine Herr Friedemann« an, S. Fischer
gewesen. »Ich war ein elfjähriges Kind, als er (Fischer)
in Berlin seinen Verlag gründete«, schrieb Mann. »Zehn
Jahre später war es der Traum jedes jungen Literaten,
ein Buch bei S. Fischer zu haben, und meiner auch.« Seit
den »Buddenbrooks« war – und ist heute noch – Thomas
Mann der erfolgreichste Autor des Verlags.*

*Manns Bücher erschienen, solange sein Verlag nicht
verboten war, noch in Deutschland.*

*Schon vor der Machtergreifung waren die deutschen
Verleger und Schriftsteller unter Druck. Nationalistische
Vereinigungen legten Verbotslisten, sogenannte »schwar-
ze Listen«, an.*

*Darauf wurden Autoren und Verlage, deren Inhalte
und Programmausrichtungen eine nationalistische Ge-*

sinnung vermissen ließen oder sie gar bekrittelten, öffentlich angeprangert. Nach der Machtübernahme wurden diese Listen länger und länger. Zusammenschlüsse von Schreibenden wurden unterwandert oder gleich verboten, wie auch die Preußische Akademie der Künste, deren Mitglied Thomas Mann war.

Ab 1933 wurde die Pressefreiheit im Reich eingeschränkt. Verlage konnten immer weniger nach eigenem Gutdünken veröffentlichen – viele Autoren durften nicht mehr erscheinen, oder ihre Bücher verkauften sich nicht mehr. Samuel Fischer versuchte, zusammen mit seinem Schwiegersohn und Nachfolger Gottfried Bermann Fischer, den Verlagsbetrieb in den ersten Jahren der NS-Zeit weiterzuführen, aber schließlich mussten sie sich der antisemitischen Repression beugen und behalfen sich mit einem Kompromiss: Der Verlag wurde gespalten. Die Werke der unverdächtigen und vom Regime geduldeten Autoren wie Hermann Hesse durften weiter im Reich herausgegeben werden – unter der Leitung des damaligen Fischer-Mitarbeiters Peter Suhrkamp, der aus eben dieser Hälfte in den 50er Jahren seinen Suhrkamp Verlag machen würde. Gottfried Bermann Fischer zog mit den Rechten der verfemten Autoren – darunter Mann, Döblin und Zuckmayer – 1936 nach Wien und gründete dort den Verlag Gottfried Bermann Fischer. Nun, mit einer Landesgrenze zwischen Verlag und NS-Zensurpolitik, konnte man wieder publizieren. Doch diese Freiheit, erkauft mit der Exilierung Bermann Fischers, war nicht von Dauer. Als Österreich an das Deutsche Reich angeschlossen *wurde, entkam Bermann Fischer nur knapp nach Stockholm, wo er den Verlag wiederum neu gründen musste. Das bedeutete jedoch, dass Bermann Fischer zum reinen Exilverlag wurde – und die veröffentlichten Bücher nicht mehr in Deutschland erscheinen konnten. Als der Krieg auch Skandinavien erreichte, floh Bermann Fischer ein weiteres Mal, und diesmal gründlich: In New York führte er das Verlagsgeschäft weiter und gründete mit dem Verleger Fritz H. Landshoff außerdem die »L. B. Fischer Publishing Corporation«. Selbst nach dem Ende des Zweiten Weltkriegs musste Bermann Fischer den Verlag aus dem Ausland dirigieren, geschuldet den verworrenen Rechtsverhältnissen in Deutschland. Der Verlag blieb zunächst in Stockholm, wo 1947 Manns »Dr. Faustus« erschien. Erst zu Beginn der 50er Jahre kehrte der Fischer Verlag wieder endgültig nach Deutschland zurück.*

Manns Schweigen in den ersten drei Jahren der Naziherrschaft, von ihm eine »bewusste und überlegte Zurückhaltung« genannt, stieß bei Familie und Freunden auf wenig Gegenliebe. Besonders seine Tochter Erika, die mit ihrem politischen Kabarett »Die Pfeffermühle« ihre Position gegen das NS-Regime frank und frei erklärte, nahm ihm sein Schweigen übel. Als Thomas Mann im Januar 1936 seine erste öffentliche Stellungnahme im Ausland schließlich dazu nutzte, seinen eigenen Verleger Gottfried Bermann Fischer – und sonst niemanden! – in der Neuen Zürcher Zeitung in Schutz zu nehmen, ohne ein Wort zur allgemeinen Misere im Reich zu verlieren, machte sie ihm schwere Vorwürfe:

Des »Zauberers« »Abwesenheit von Deutschland«
müsse offenbar genügen, »um der Öffentlichkeit Deine
Abneigung gegen die Nazis zu demonstrieren, ohne daß
Du ihr, der Abneigung, noch eigens Ausdruck zu verlei-
hen brauchst«, brauste sie in einem Brief an den Vater
auf. Er sei der gesamten Emigrantenbewegung in den
Rücken gefallen. Als am 26. Januar Eduard Korrodi, der
Feuilletonredakteur der N. Z. Z., in die Debatte um Ber-
mann Fischer eingriff und sich derart ungeschickt zur
deutschen Exilliteratur äußerte, dass Klaus Mann in ei-
nem Eiltelegramm an den Vater das Ansehen der Exi-
lanten im Ausland bedroht sah, griff Mann, derart unter
Zugzwang, schließlich zum Stift – und äußerte sich.

In seinem öffentlichen Brief, wiederum abgedruckt
in der N. Z. Z., solidarisierte er sich nun endlich mit der
Exilliteratur. Es wurde ein Bekennerschreiben nicht nur
zur Literatur, sondern auch gegen Nazideutschland:
Man sei, schrieb er, nicht deutsch, indem man völkisch
sei – und holte zum Abschluss aus: »Der deutsche Juden-
haß aber (...), gilt, geistig gesehen, gar nicht den Juden
oder nicht ihnen allein: Er gilt Europa und jedem höhe-
ren Deutschtum selbst.« Er habe »die tiefe (...) Überzeu-
gung, daß aus der gegenwärtigen deutschen Herrschaft
nichts Gutes kommen kann, für Deutschland nicht und
für die Welt nicht.«

Auf diese Überzeugung Manns antworteten die zu-
ständigen Stellen des NS-Regimes entsprechend harsch:
Thomas Mann fand sich im Dezember 1936 auf der Aus-
bürgerungsliste im »Reichsanzeiger«. Er verlor nicht

nur die Staatsbürgerschaft, sondern auch seinen Besitz: Die in München verbliebene Habe der Manns wurde beschlagnahmt. Nur wenige Möbel, unter anderem Manns Schreibtisch und sein Lesesessel, konnten durch eine Hausangestellte gerettet werden. Die vorübergehende Staatenlosigkeit wurde durch einen tschechoslowakischen Pass behoben; im Januar 1937 nahm Thomas Mann die »Heimatrechtzusage« seiner neuen tschechischen Gemeinde für sich und seine Frau sowie seine Kinder Golo, Elisabeth und Michael an. Sein Ehrendoktortitel der Universität Bonn wurde ihm entzogen – diese Demütigung wusste Mann auf seine Art zu retournieren: Der Briefwechsel mit dem Dekan, der für den Titelentzug verantwortlich war, wurde veröffentlicht. Das Bändchen mit dem Titel »Briefwechsel mit Bonn« wurde in ganz Europa gelesen und fand in Schmuggelausgaben unter der Überschrift »Briefe deutscher Klassiker – Wege zum Wissen« auch seinen heimlichen Weg zum deutschen Buchmarkt. Der Rückweg in die Heimat blieb aber nun endgültig versperrt. 1938 brachte Thomas Mann gar einen Kontinent zwischen sich und die Heimat: Die Manns emigrierten in die Vereinigten Staaten.

In Pacific Palisades, Kalifornien, quartierten sie sich ein – unweit von Lion und Martha Feuchtwanger und Bertolt Brecht. 1939 brach der Zweite Weltkrieg aus. Keine Überraschung für Mann, der sich indessen unter den Emigranten durch seine außerordentliche Umtriebigkeit in vielerlei Ausschüssen und Vereinigungen zur Flüchtlingshilfe hervortat. Er nutzte seine herausragende Stellung als Nobelpreisträger, um sich für die deutschen Exilanten einzusetzen. Besonders Schriftstellerkollegen wie Döblin und Polgar unterstützte er, indem er auf die Verlängerung ihrer Verträge in Hollywoods drängte – mehr schlecht als recht lebten sie und andere Schriftsteller vom Drehbuchschreiben.

Anders als viele seiner Kollegen, hatte Thomas Mann Glück: Seine Bücher verkauften sich international in zahlreichen Übersetzungen, in den USA beim renommierten Verlag Alfred A. Knopf, ausgesprochen gut. Darüber hinaus ergab sich ein Lehrauftrag in Princeton, wo er als Gastprofessor die Geschichte des Romans, die Werke Goethes, Wagners und Freuds sowie seinen eigenen »Zauberberg« unterrichten durfte.

Andere Schriftsteller wurden vom Exil härter getroffen. Wenn sie ausgebürgert wurden, durften ihre Bücher in Deutschland nicht mehr erscheinen. Um einen Großteil ihres Lebensunterhalts beraubt, mussten sie bestenfalls auf Übersetzungen ihrer Werke hoffen und um eine neue Leserschaft buhlen; in der eigenen Sprache konnte man in nur wenigen, speziell dafür gegründeten Organen wie den »Neuen Deutschen Blättern« in Prag und anderen Exilzeitschriften publizieren. Mit Veröffentlichungen in Exilverlagen stießen die deutschen Autoren im Ausland spätestens nach Ausbruch des Krieges zunehmend auf Ablehnung. Ihre Literatur wurde als »Literatur des Feindes« wahrgenommen und darum immer seltener gekauft. Nicht wenige Autoren verloren ihre literarischen Stimmen im Exil, manche verstummten gar

auf die endgültigste Art: Zerbrochen an der Heimatlosig-
keit, wählten sie den Freitod – so Tucholsky, Zweig und
Hasenclever. Zu den wenigen, die auch im Ausland er-
folgreich waren, gehörten Franz Werfel, Lion Feuchtwan-
ger und, natürlich, Thomas Mann.

Dieser durfte, nachdem er so viele Mietverträge hatte
unterschreiben müssen, 1942 endlich wieder ein Haus
sein Eigen nennen: In den Hügeln von Santa Monica
ließ er eine Villa bauen, die bis zur Rückkehr nach Euro-
pa zehn Jahre später das Familiendomizil blieb. In den
Kriegsjahren distanzierte sich Thomas Mann zusehends
von der alten Heimat. Nach Ende des Krieges, kurz vor
der Rückkehr nach Europa 1952, notierte er in sein Ta-
gebuch: »Deutschland ist mir wild fremd geworden.«
Und doch will er im nun betagten Alter wieder »im Be-
reich der deutschen Sprache leben«, will nicht nur im In-
neren, im Schreiben, sondern auch im Äußeren, im Spre-
chen, umgeben sein davon. 1954 bezieht er seinen letzten
Wohnsitz: eine Villa auf der westlichen Seite des Zürich-
sees, in Kilchberg, wo er nur ein Jahr später stirbt und
begraben liegt. Seine größte Furcht, sie ist nicht wahr ge-
worden: Nach langen Jahren im Exil in deutschem Boden
begraben zu sein, der ihm »nichts gegeben hat und nichts
von ihm weiß«.

Leona Stahlmann